JN274712

紫陽花

愛の事件簿

渡部照子【編】

花伝社

紫陽花——愛の事件簿◆目次

1 氷解

渡部照子

真由美はここ数日の間、一樹にどう話をきりだそうかと悩んでいた。なにも難しいことではない。私、妊娠したの、と軽く言えばいいだけのことではないか。一樹はどんな反応をするだろうか。喜ぶに決まっている。結婚して六年も経って子を授かるというのだから。いいえ、そんなことはないはずだ。長い間、妊娠の兆しが一回もなかったのに、どうして、と怪訝に思うかも知れない。そうだ、そうに決まっている。真由美の心は揺れた。自分の心臓の鼓動の音が聞こえ続けていた。

真由美は、大学時代に宅地建物取引業者の資格を取った。当時の経済状態は、いわゆるバブル期であって、就職は売り手市場といわれた時代だった。しかしそれでも、真由美が資格をとったのは、女性の就職活動が男性に比較すると容易ではなかったからだ。

真由美は、一九八七（昭和六二）年に大学を卒業した後、大手不動産会社の営業担当社員となった。

営業活動は楽しかった。真由美は、最先端のキッチン、トイレ、ユニットバスなどを、最新流行の洋服をきこなして説明した。顧客の女性たちは、それら商品はもちろん、真由美のファッションにも感心したのである。真由美は営業担当者の一人として、衛生的で機能的な新しい生活スタイルができる住まいを求める顧客に、最高のもてなしができるように配慮したファッションだった。

また、売買契約成立のときに、宅地建物取引業法にもとづく説明をすることにも生きがいを感じていた。顧客の家族や、社員たちの目の前で、契約条項や重要事項説明書などを説明することに、清々しい思いさえした。真由美は、入社後五年ほどの間は、自分は不動産業が天職ではないか、と思っていた。

当時の写真には、真由美は、体重五三キロ、身長一五五センチのやや豊満な健康な女性として写っている。

しかし、そのうちに真由美は、自分の体の奥深いところから湧き出てくる倦怠感に襲われるようになっていった。それまで午後一〇時過ぎ頃までの残業、帰宅後にとる午前〇時頃の夕食、午前八時頃の起床、朝食、午前九時三〇分出社という生活リズムが次第に崩れていった。自分の内部から力が喪失していくように感じた。出社するのが苦痛に思えるようになった。

どうしてそうなっていくのか、分からなかった。自分が今まで軽蔑していたような無能な社員になりたくはなかった。他の社員に自分のそんな状態を絶対に知られたくないという気持ちが、いっそう真由美の精神を追いつめだしていた。自分は、世の中の勝ち組と単純に信じていた世界が確実に揺らぎ出したのだ。

そんな時に、一樹と知り合った。真由美が二七歳、一九九二（平成四）年秋のことだった。

一樹は、童話や雑誌などにイラストを描いていた画家だった。真由美と知り合った当時は、ある大手百貨店の包装用紙に描いたイラストが評判になっていた。そのイラストは、明るいグリーン色を基調にして、両親と男の子、女の子の四人家族が思い思いのカラフルな商品を持って楽しそうに歩いている風景を描いたものだった。

一樹は、生まれてはじめて成功体験を味わっていた。一樹は、高額な著作権料の収入をえて、小さな自宅不動産を東海道線の戸塚駅からさほど遠くない場所に購入した。マンションではなく一戸建て住宅を希望したのは、猫や犬を飼いたかったからだ。都心ではなく郊外の住宅を選んだのは、バブル崩壊直後のことであり、住宅価格がそれほど下落していなかったからだった。その仲介を真由美が担当した。

真由美は、当時、体重が四五キロ程度に落ち、ややほっそりした体型となっていた。また、体調が不良だった。そのことを他人に知られたくなかったので、自分の言動には注意していた。それまでは自信にあふれた態度で、物怖じをしない一見して有能な女性社員の風情であったが、そんな雰囲気を感じさせるものはなかった。真由美は、一樹が希望する都心はもちろん、郊外のいくつもの住宅の案内をし、また、一樹の反応をみながら言葉を選んでゆっくり丁寧に説明を重ねた。一樹は、そんな真由美を観察して、神経が細やかな、感受性豊かな女性であって、自分の創作芸術を理解できる繊細さがあると思えたのである。

一樹は、当時三二歳だった。一樹はいつもデスクワーク中心の生活だったから、体力維持に心がけ、日常生活の中にストレッチを取り入れていた。その結果でもあろうか。筋肉質の引き締まった体型がジャケットの上からも感じられた。そんな彼に、これまでに結婚相手がなかったわけではない。しかし、一樹は収入が不安定であり、結婚に踏み切ることができなかった。やっと、百貨店の仕事で初めて大きな収入を得、また、広告業界にその名が広く知られたのである。自信をもって新しい生活へ出発できる環境が整った、と一樹は思った。

二人は、わずか半年たらずの交際の後、一九九三（平成五）年秋に結婚した。

真由美は結婚後、職をやめ専業主婦になった。仕事を辞めることに何の抵抗もなかった。むしろ、仕事を辞めることが嬉しかった。病気退職ではなく、結婚退職するのだから。一樹との家庭生活が自分を幸せにしてくれるだろうと思った。

一樹は、自分の仕事の収入には波があり、共働きの方が安心だったが、真由美は、主婦の方が何かにつけて倹約できるから、と言った。事実、真由美は自分の健康管理を兼ねてでもあったろうが、毎食、野菜中心の手作りの料理にはげんだ。朝食はパン類とスープ、サラダ、昼食は麺類、夕食は和食中心であった。その内に、真由美は自分の健康回復の状態をみながら、玄米を取り入れたりして工夫した手料理に挑戦していった。

一樹の外食中心の食生活が一変した。自宅兼アトリエで仕事をしていたから、ほぼ毎食、真由美の手料理を食べた。また、真由美は二匹の猫の世話をこまめにしてくれた。一樹は猫好きであっただけではなく、仕事にも必要な生き物だった。一樹は猫を観察しては、作品の中に取り入れていた。一樹は、幸せとは、こんな日常の重なりなのだ、と思った。

真由美はいつの間にか、あの疲労感・倦怠感から完全に抜け出していた。


結婚後五年くらい経った頃だった。真由美が、

「子どもができないけど、病院に行って調べてみようか」

と、言ったことがある。一樹は、

「調べてどちらかに問題があるということになったら、どうする」

「そうねぇ。でも、人工授精という方法もあるそうじゃない」

「でも、その方法では女性はつらい思いをするそうだよ」

「そうねぇ。でも、私は我慢するわよ。それに、あなたは子どもが欲しくないの」

「子どもができたらうれしいよ。だけど、自然から授かるものだよ」

「授からないときは、どうするの」

「二人で生きていけばいい。仲良く老いていけばいいじゃないか」

真由美は一樹と、それ以上子どものことや、子どものいない老後について語り合うことを止

めた。この時、一樹にはこの問題で深入りすることを拒否するような雰囲気があったからだった。

一樹は、真由美が一度も妊娠していないことに不安を感じていた。一樹は子どもが欲しかった。同じ画家仲間の中には、愛くるしい乳児、幼児、園児、小学生などを描くのを得意とする人がいる。そんな絵には、単に幼い者の愛らしさだけではなく、子どもたちへの深い愛情と信頼、そして、大人へと成長していく人間の強さをも描かれているように思えた。自分も乳児・幼児などの絵をつうじて人間に対する不信や怒りに身を焦がしている大人たちに対し、子どもたちに対する愛情と共に、人間存在自体・命の存在そのものの偉大さ、命に対する畏敬、更には、苦しみぬく人間に対する深く大きな愛情を描きたい希望があった。

一樹は、日々成長する我が子を観察することにより、その希望を現実化できるように思えたのである。

真由美は知らなかったのだ。一年ほど前のことだった。一樹は、ある雑誌に、男性の精子の数が激減傾向にあり、妊娠しない原因は女性にあるのではなく、男性にある場合も多い、と書かれていたのを読んだ。一樹は、真由美が妊娠しないのは、もしかしたら自分のせいかも知れないと不安になった。不安になった途端、心の中に不安がふくらみ、いても立ってもいられない程になってしまった。自分でも、なぜ、こんな精神状態になってしまうのか、信じられなかった。一樹は自分の不安を打ち消すために検査を受けたのだった。

真由美に内緒で精子について検査した結果は、一樹の一抹の不安が的中した。それは衝撃的なものだった。顕微鏡下で見る一樹の精子は、一般精液検査でいう一ミリリットル中数千万という数にはほど遠く、また、その運動量もわずかであった。高速で前進している精子はいなかった。わずかな精子が蛇行していた。一樹は自分の弱弱しく哀れな精子の姿を忘れることができない。それ以来、一樹は、子を諦めた。しかし、一樹はその事を、真由美に話すことができなかった。

真由美は、結婚後四年過ぎた頃から、一樹が自分に興味をなくしたように感じた。一樹は日中、何かにつけて真由美の手指、腰などを芸術活動などと言っては、触れてくることがよくあった。真由美はくすぐったくて、嫌ねぇ、止めてぇ、と笑いながら応じていた。しかし、いつの間にかそんな楽しい一時がなくなっていった。また、夜も二人で戯れる時間が減っていった。

真由美は、結婚して三年経ったのだから新婚時代は終わったということか、また、もしかしたら、仕事も関係しているのかもしれない、と思った。

世の中の経済状況が低迷している。この一九九七（平成九）年には消費税が五%となって景気は一段と悪化した。一樹の収入単価も低額になり、また、顧客の注文件数も減少した結果、収入がひどく落ちた。一樹は真由美に、時々、家計は大丈夫、と聞いた。真由美は、心配しないで、優秀な大蔵大臣がいるからと笑って応えたが、内心、このままの経済状態に不安が横切った。

あれは、一樹と子どもについて話した半年後位の一九九九（平成一一）春のことだった。自宅の狭い庭に寒椿の赤い花が咲いていた。真由美はその日、一樹に頼まれ、自宅がある戸塚駅から新宿駅に出て、広告会社へ絵のカット数点を届けた帰りだった。突然、男性に声をかけられた。


「もしかして真由美さんじゃありませんか」

「あれ、すいません、どなたですか」

「僕ですよ、真由美さんとご一緒に仕事をしていた葉山剛です」

「え、葉山さん。まあ、随分、お久しぶりですね」

「本当に久しぶりです。どのくらい経ちますか」

「私、結婚して会社退職した時以来ですから、七年位ですね」


それから、真由美と葉山は近くの喫茶店に入り、おしゃべりをした。真由美が知っている同僚、先輩、後輩のその後の事についてだった。また、会社の営業状態はバブル崩壊後、一向に回復する兆しはなく、社員の削減や転勤などが行われていること、また、幸いに葉山は、そんな中でも出世しているということだった。あのほっそりしていた葉山は、肉づきも血色もよい一見して不動産業者を感じさせる風貌へと変身していた。葉山が言うように、出世していることが外観上も感じられた。

葉山は、自分が出世できているのは、真由美さんのお陰だ、と言った。当時の先輩であった真由美さんの仕事ぶりは他の社員の手本だった。売買物件に対する知識は当然のこととして、お客様の趣向に応じた多方面にわたる知識とその話術がお客様の信頼を得て、売買契約の成立につながった、と思う。自分も真由美さんに習って努力をしてきたという、身振り手振りを交えての話であった。真由美は会社で活躍していた自分に戻り、久々に開放感を覚えた。

別れ際に、葉山は電話をかけていいですか、と聞いた。真由美は警戒することもなく、携帯電話の番号を教えた。

それから一週間ほど経った頃、葉山から戸塚駅付近の販売物件があり、近くに来ている、という電話があった。真由美は、その日、朝からイライラしていた。天候不良だったからかもしれない。二匹の猫の排泄の始末にいつもより手がかかったからかもしれない。一樹は、珍しく仕事で外出中だった。真由美は葉山に誘われるままに外出し、葉山の運転する外車に乗り込んだ。葉山は助手席にいる真由美の手に触れるようにして、言った。僕は君が好きだった、と。真由美はあとから考えると、どうしてそうなったか自分でも理解できない。いつの間にかホテルで葉山と遊んでいた。

真由美が妊娠に気がついたのは、それから二ケ月後であった。真由美はお腹の子が一樹の子であるのか、葉山の子であるのか分からなかった。

どちらの可能性もある。私は、大切な夫を裏切った。もし、あの遊んだ結果の子であるなら、子も私もこのまま一樹の家族として生きていけない。しかし、もしかしたら、一樹の子であるかもしれない。そうであれば、三人家族となって生きていけるし、生きていかなければならない。

どうしたらいいだろう。いっそ、一樹に不倫したことを告げ、血液検査でもしてもらおうか。それが一番よいかもしれない。しかし、一樹の子であることが確認されたとしても、妻が不倫したという苦しみを、一樹に味合わせてしまう。それは、一樹を苦しめることだけだ。それだけでなく、離婚する可能性だってある。離婚は絶対したくない。私は一樹を愛しているのだから。でも、もし、一樹の子でないことが確認されたときには、離婚は避けられないだろう。私は子を抱えて、どうやって生きていけばよいのだろうか。もう会社に勤めるのはイヤだ。あの男に養育費を支払えと言っても、応じてくれるかどうか分からない。あれ以来あの男とは逢っていない。逢いたくもない。

私は馬鹿だ！　馬鹿だ！　馬鹿だ！

いっそ、一樹にも分からないように子をあきらめる方法もある。それはイヤだ。絶対イヤ。もしかしたら一樹の子の可能性だってあるのだから。

もし、あの男の子であったとしても、産みたい。私の子なのだから。

そうだ。一樹の子の可能性は五〇％ある。その五〇％を信じればいい。信じよう。私と一樹の二人の子なのだ。二人の子以外であるはずがない。愛していない男の子どもを妊娠するはずがないではないか。

真由美は、お腹の子を、一樹の子と信じることにした。

真由美は、アトリエで仕事中の一樹の背に向かって言った。

「私、妊娠したの。もうすぐ三ケ月目ですって」

一樹は、一瞬、身動きができなかった。体が硬直した。本当か。本当に自分の子を妊娠したのか。信じられない。あのヘナヘナと動きの鈍い自分の精子で。一樹は、あの顕微鏡下の精子の細部までも記憶の中にある。あの弱弱しい精子が活動を始めたのだろうか。あの時、医者に妊娠させることができるか、と尋ねたら、かなり困難でしょう、人工授精の方法はありますがね、と言った。一樹は声を出すこともできなかった。

しばらくの間、沈黙が続いた。真由美は、声を震わせながらかろうじて言った。

「どうして喜んでくれないの。コドモ、ホシクナイノ」

そう言われて一樹は、椅子からゆっくり立ち上がって真由美に向かった。本当に自分の子かどうか見極めるような目つきで真由美の眼を見つめようとした。真由美は、一樹の胸に顔を埋めて泣いた。真由美は一樹に、喜びの涙に映るように祈って泣いた。

真由美のお腹は次第に大きくなっていった。真由美は、生まれてくる赤ちゃんのために、図書館から雑誌を借りてきては、赤ちゃん必需用品を熱心に読みだした。赤ちゃんに着せる産着のなんと小さく可愛らしいこと。赤ちゃんのベッドや乳母車を購入するかリースにするか。毎日、赤ちゃんを迎える準備に夢中になった。その上、胎内教育などと言って、音楽を聴きだした。真由美は、リストのピアノ協奏曲のような激しい曲目が好きなはずだったのに、モーツアルトの子守唄などの穏やかな曲目を胎児に聴かせていた。

一樹は、そんな真由美のお腹を、本当に自分の子か、という疑念の思いで注視していた。もし、自分の子でないとしたら、真由美が不倫したことになる。そんなことがあるだろうか。そんなことはないはずだ。結婚以来、真由美はあの戦場のような職場を離れ、家庭の主婦の仕事を完璧といえるほどにしているではないか。自分に対する愛情があってのことだ。愛情なくしてどうしてこれほどまでにできるだろう。

それに、赤ん坊が生まれることを心から喜んでいる。もし、自分の子でないとしたらあんなに全身で喜べないはずだ。不倫の末の子であれば、自分に対する罪の意識があるはずではないか。その罪悪感があれば、後ろめたい気持ちが何かの拍子に出るはずだろう。

しかし、あの動きの鈍い、わずかな精子がどうして卵子に到達することができるだろう。あの死んでいるかのような軟弱な精子にどうして妊娠させることができるだろうか。それとも、傷つき死を迎えようとする人間が最後の一突きができるように、自分の精子も必死になって突き進んだということだろうか。

自分はどうかしている。新しい命が誕生しようというのに、心から喜べない。乳児、幼児を描きたいという長年の希望が実現するというのに、自分は何を恐れているのか。


穂美は、一九九九（平成一一）年一一月八日に誕生した。二七〇〇グラム、身長四八センチであった。


一樹は、誕生したばかりの穂美の顔、手指、腕、足、胴体を細かに点検した。どこか自分に似ているところがあるか、という一点だけに関心があった。その顔は、どちらかというと丸顔のように思えた。真由美は丸顔だが、自分は丸顔ではない。自分は顎がしっかりしている。穂美の瞼は一重のように思えたし、二重のようにも思えた。口元は小さく愛らしかった。自分にも真由美にも似ていないように思えた。顔の中心ほどに鼻がチョコンとついていた。自分は鼻筋が通っており、どちらかというと鷲鼻と言われるものだ。自分に似ていない鼻だと思った。穂美の小さな耳にも垂珠がしっかりついている。垂珠は、自分に似ているように思われた。

一樹は、誕生したばかりの命の品定めをしているかのような自分が厭らしく醜い人間に思えた。そして、しっかり握り締めている手指の一本一本の柔らかく可愛らしいこと。小さな足とその先についているさらに小さな指。美しく愛らしい存在であることに気がついた。

真由美は、生まれた子の細部までを熱心に観察している一樹の異様とも思える眼の光を見た。

一樹は自分の子かどうか疑っているのだろうか。しかし、一樹はあの男のことを知らないはずなのに。真由美はあの不倫を一樹に知られたくない、と思う自分の恐れる心こそが問題なのだ、と思った。一樹は、画家として誕生したばかりの子を熱心に観察しているだけなのだ、と自分に言い聞かせた。

真由美は母親として穂美を守りきらなければならない。どんなことがあってもかならず守る。そのためには、私の心の中にある不安を完全に消してしまわなければならない。一樹に少しでも不安を感じられないように。あの男の存在に気がつかれないように。

一樹は、穂美が誕生したその日から毎日、穂美を写生した。穂美は、日ごとにその様相を一変しながら成長した。誕生してから一、二週間ころまでの青い眼は、どこに行ったのだろう。その小さな口で母の乳房を吸い、可愛らしい手で母の乳房を押さえようとする。お尻からウンチを出すことも可愛らしく思えた。首が据わりもしないのに母の声を追って眼や首を動かすようにも思えた。穂美の何もかもが美しく愛らしかった。

一歳の誕生日を迎える頃には、穂美の顔だちがハッキリしてきた。丸顔に思えた顔は細く、手足の骨組も細かった。鼻筋は柔らかく、瞼が一重であった。真由美の骨格は決して細くはない。自分の骨格は太いほうだろう。一体、誰に似たのだろうか、と再び疑念が起きかけたが、一樹の瞼も一重だったので、かろうじてむっくり起きだそうとする疑念を押さえ込んだ。

しかし、真由美は、一樹が穂美に時折みせる疑念の眼を見逃すことはなかった。子は父親の疑いを感じながら成長するのだろうか。なんと不幸な子だろう。真由美は、一樹が一瞬も疑念を持つことのないように振るまわなければならない、と誓った。

穂美が三歳の誕生日を迎えるころだった。真由美は、穂美の写生をしていた一樹に、挑発するかのように話しかけた。

「ねぇ、この前、美容院で週刊誌を読んでいたら、ビックリしたことが書いてあったのよ。歌手のヒロ子さんのこと知っているでしょ。妊娠したんですって。でも、出産するかどうか悩んでいるんですって」

「どうしてそんな事で悩むんだろう」

「夫の子じゃないようよ」

「じゃ、離婚するんじゃないか」

「そんなんじゃないみたい。夫を愛しているんですって」

「夫を愛しているのに、なんで不倫するのかなぁ」

「魔がさすって言うこともあるみたいね」

「魔がさすか。僕たちの生きる世界と違うじゃないか」

「そうよね。もし、そんなことがあったら、一樹さんはどうする」

一樹は一瞬、息を呑んだ。真由美は何を言っているのだろう。不倫など真由美とは関係のないことなのだ。だから、こんな話をすることができるのだ、と思った。一樹は、穂美の顔をのぞくようにして、言った。

「僕たちには、関係のない話だね。ねぇ。穂美ちゃん」

「パパ、関係ないって何のこと。パパ、もっと穂美ちゃんを見て描いて」

穂美は成長するにつれておしゃまな可愛い娘になっていった。穂美は、アトリエにこもって仕事をしている一樹の机にいつの間にか来た。一樹は、部屋に幼い子が居ると仕事に集中できないので、真由美にアトリエに入れないように注意をしていた。真由美も注意しているつもりなのに、いつの間にか入ってしまう。一樹は諦め、静かにしていればアトリエに入っても良いことにしてしまった。穂美は、パパのお仕事のお手伝いをする、と言っては、一樹の書き散らした画用紙にお気に入りのゾウ、キリン、ライオンなどを描いて遊んだ。ゾウの大きな体についた長々とした鼻、キリンの長い首と大きく広げた両足、ライオンのふさふさと広がった鬣は、どれも抽象化され、生き生きとした生命力あふれるものであった。

一樹にとって、こんな見事な絵を描く穂美が自慢の娘となった。その上、穂美はパパのお膝がお気に入りで、お膝に座ると、真由美に話すときと違って、甘えたような話し方をした。一樹は、父親としての喜びを全身で愉しんだ。

二〇一一（平成二三）年の正月、真由美あてに見慣れない年賀状が届いた。差出人は葉山剛だった。葉山は、あれ以来、年賀状を真由美あてによこしていたが、業務用のもので、何の変哲のないものだった。真由美はいつもそれを破り捨てていた。ところがその年賀状には、家族の写真が印刷され、謹賀新年という太字の横に、小さな字で「お変わりありませんか。私は東京から福岡へ勤務先が変わりました」と、書いてあった。真由美は、その写真に写っている子どもを見て、心臓が高鳴った。穂美に似ている、とすぐに思った。一樹に知られないように急いでその年賀状を台所にある小物入れの中に入れた。後でゆっくり見ようと思ったからである。

正月休みが終わった。穂美は小学校六年生になっていた。三学期がはじまって、穂美が登校した後、真由美は一樹から、葉山から来た年賀状を目の前に置かれた。真由美はとっさのことで心がざわついた。決して不倫のことは言うまい、と心に誓った。

一樹は、声を抑え、詰問調で真由美に問うた。

「この男は誰だ」

「葉山さんよ」

「葉山は分かっている。この男はキミとどういう関係か、と聞いてるんだ」

「私が勤めていた会社の部下だった人よ」

「その部下が、なぜこんな年賀状をよこすのか」

「知らないわよ。今まで、こんな物よこさなかったのに、突然で私もびっくりしているんだから。それにどうしてそんなキツイ言い方をするの」

「真由美は、この家族写真を見て、どう思うのか正直に言ってごらん」

真由美は、初めてジックリ写真を見た。家族四人の写真である。父親の葉山と母親らしき女性の間に女の子と男の子が写っている。女の子は着物姿だ。七歳のお祝いであろうか。細面で一重瞼の可愛い子だ。真由美は背筋が寒くなった。葉山の子だ。穂美に似ている。二人姉妹のように見えるではないか。穂美は葉山の子かもしれない。いいえ、多分、葉山の子だろう。真由美は、心臓が苦しくなった。一樹に悟られていけない。落ち着かなければならない。両手をぐっと握り締めた。自分と穂美の一生がかかっているのだ。一樹は、青白く顔色が変わっていく真由美を見逃さなかった。

「真由美、正直に言ってごらん、穂美は葉山の子だろう」

「どうしてそんなありもしない勘ぐりをするの。まるで、私が不倫をしたとでも言うの」

「そうだ、君は不倫をしたんだ。僕を裏切ったんだ」

「何を言うのよ。他人の空似ってあるじゃありませんか」

「君は、白を切る気か」

「本当のことを言っているだけ。貴方は、どうかしている。お願い。馬鹿なことを想像しないで」

真由美は、涙声になった。

「真由美。僕は君が妊娠したと言ったその日から今まで苦しんできた。君を信じようと努力してきた」

「なんですって。貴方は穂美を可愛がってきたじゃありませんか。穂美を自慢の娘だと言ってきたじゃありませんか。全部ウソだったの」

「ウソじゃない。可愛い娘だよ。しかし、僕の遺伝子を受けついではいない。僕の精子から生まれた子ではない」

「いいえ、あなたの精子から生まれた子よ」

一樹は、真由美を睨みつけて言った。

「僕の精子は生殖能力がない。君と結婚して妊娠しないので、僕は自分の精子を検査してもらったことがある。そこで、分かった」

真由美は全身から力が抜けるような感じがした。まさかそんなことがあるなんて！　今まで、一樹は絶対にあの事は秘密にしなければならない。記憶から消したつもりになっていたのに。一樹は自分の子ではないと承知しながら、今まで夫婦、親子の振りをして暮らしてきたのか。

真由美は、やっと平静を装って静かに言った。

「じゃ、貴方は、自分の子ではない。私が不倫した子だと思って、今まで黙っていたのですか」

「いや、もしかしたら自分の子かも知れない、という希望を持っていた。精子の検査だって一回しかしていないし、何かの間違いだってあるだろうし、もしかして、精子だって活発になることがあるかもしれない。しかし、その希望は、この写真を見て打ち砕かれたよ。自分の子ではない証拠を見せられたのだから。まるで、この子と穂美は姉妹ではないか。他人の空似とは到底思えない。君はこの男と関係したことがあるんだろう」

真由美は、あの男との関係を否定したかった。一度だけの、何か気が狂ったとしかいいようがない出来事だった。そして、一樹の優しさと思いやりに応えるためには、否定したほうが良いようにも思われた。しかし、否定し続けることは、一樹を本当に愛することになるのだろうか。むしろ事実を話した方が、一樹の苦しみは小さいのではないだろうか。あの男を決して愛したわけではない。ただ一度だけの関係でしかなかった。その後、会ってもいない。電話や手紙のやりとりをしてきたわけでもない。私が心から信じ、大切に想う相手は、一樹しかいないのだから。

「私は、穂美があなたの子どもだと信じて生きてきました。しかし、穂美は、もしかしたら、あなたの言うように、あなたの子ではありません。私はあなたを一度だけ裏切ったことがあります。許してください。許してくれなくとも、私はあなたからの罰を受け止めさせてください。でも、あなたから検査したことを聞いていたら、私は、もっと違った人生だったと思います」

真由美は、席を離れた。

一樹は、長年に積もった重いわだかまりが氷解するように感じた。やはり自分の子ではなかったのだ。自分の子ではないのではないか、という不安を感じながらも、自分を偽り、自分の子として受け入れ育ててきた。自分は、穂美が生まれてから今まで、何をしてきたのだろうか。空しさが全身に広がった。この家庭は崩壊した。いや、真由美が自分を裏切ったその瞬間から崩壊していたのだ。真由美と自分は、その崩壊に眼をつぶり、互いにごまかしあって仲の良い家族を演出してきたにすぎない。

一樹はアトリエにあった現金一〇万円と銀行のキャシュカードを持って、とりあえず家を出た。今に穂美が学校から帰ってくる。パパではなくなった男が穂美に、どんな顔を見せられるだろうか。

その日、一樹は、北風に吹かれ続けたいと思った。戸塚から湘南の海に向かった。一樹は人気のない砂浜に座り、夜風に肌を刺されながら、遠くて暗い海を見続けた。

自分の人生は一体何だったたろうか。自分はまだ五一歳だ。いやもう五一歳かもしれない。しかし、人生のやり直しはできる年齢だと、思う。真由美と穂美の居ない人生をやり直せるだろうか。いや、やり直すべきだ。あの心の腐った、ウソつきの卑怯な女とどうして一緒に暮らしていけるか。真由美に対する怒り、自分の心を騙してきた自分のおろかさと弱さへの怒りと悔しさが全身から噴き出し、砂浜に身を投げて転げまわった。

翌日、一樹は学校時代からの友人で弁護士をしている緒方陽子を訪ねた。陽子には、これまで著作権のことで何度か相談したことがあった。陽子に離婚相談するために、新宿駅近くにある法律事務所に行ったのだ。陽子の執務机の後ろの壁に、一樹が描いたカレンダーが飾ってあった。一樹は内心、嬉しくなりカレンダーを買ってくれた礼を述べた。陽子はいつもの活発な調子で答えた。

「随分、売れてるみたいじゃない。あなたの絵は、癒しの効果があるって宣伝されているわよ」

その後、一樹は言葉を選びながら穂美の出生の経緯や、とりあえず家出をしてきたこと、離婚することを考えていることを話した。

一樹が話し終えると、陽子はカレンダーをめくりながら言った。

「私、あなたのこの絵を見ていて、いままで不思議だなぁて思っていたの。今のあなたの話を聴いて少し理解できたような気がする。この一二枚の絵は、どれも可愛い子どもたちと猫の絵でしょ。この絵は猫を抱っこしている女の子、この絵は猫を追いかけている男の子、どれも楽しい構図よね。でも、猫の眼は哀しく見える。時には鋭い眼光に見える。猫はあなた自身なのね。あなたの眼は時には哀しく、時には鋭く光って、この子は、本当に自分の子だろうかと、子どもを観察していたのかしら」

一樹は、言われてギクッとした。自分では考えてもいなかった指摘をうけたのだ。

「それにしても、家出するなんて、あなたらしい行動ね。何であなたが家出するの。あなたは妻に悪いことをしたの」

「していない。悪いのはアイツだ」

「じゃ、妻と子を家から追い出せばいいでしょ。どうして追い出さないの」

「だって、穂美がかわいそうじゃないか。穂美には罪はないんだ。アイツの被害者だ」

「ワッハ、ハ、ハ」と、陽子は愉快でたまらないというように笑った。

一樹も苦笑いをした。離婚したい、と言いながら、なんて言う様だ。

穂美がかわいそうなどと思って、何で離婚ができるのか。心を鬼にしなければならない。

陽子は、一樹を見ながら更に続けた。

「あなたには、離婚できないと思うわ。あなたは優しい男なのよ。あなたは優しくて強い男なのよ。それに今は妻に対してはどうか分からないけど、少なくとも穂美ちゃんを愛しているでしょ。どうなの」

「妊娠を知った時に、自分の子か疑ったよ。とても疑った。でも、生まれて一緒に生活するうちに可愛くなっていったんだ。僕のことを初めてパァパって言ったときは、本当に嬉しかった。外出する時は、ママと手をつながないで、僕と繋ぐんだ。小さい柔らかい手なんだ。幸せってこういうことかと思った。でも、時々、本当に僕の子だろうか、と不安になった。いつまでも騙しとおして欲しかった、とも思う」

しばらく沈黙の後で、一樹は離婚手続きの説明を求めた。

「離婚するって簡単なことではないの。真由美さんは、すぐに離婚に応じるかしら」

「不倫したんだから応じると思うよ」

「離婚する時には、未成年の子の親権者を決めなければならないけど、どうしたいの」

「もちろん、真由美が親権者だろう」

「貴方は戸籍上、父親でいるつもりなの。それとも、親子関係不存在の裁判までやりたいの」

「それって、どういう事か分からない」

「戸籍上はあなたが父親。父親だったら、養育費を払わなければならない。戸籍上、父親でないことにするためには、親子ではないという裁判を求める必要があるの。今は、血液鑑定で一〇〇％近い確率で親子関係の有無が分かるわ。どうするの」

一樹は黙り込んでしまった。

「今、あなたは、気持ちが混乱していると思う。今すぐに離婚という結論をださない方がよい、と思う。ねぇ、私、以前にこんなことを経験したことがあるの」と言って、陽子は、話し始めた。


あれは、昔のことだ。ハツさんは一九四二（昭和一七）年頃に見合結婚で、昔ながらの旧家に嫁に行った。ハツさんは、色白の瓜実型の顔で、典型的な日本美人だった。町を歩いていると人が振り返るほどだった。ハツさんの夫は国家公務員で、転勤族だった。家には夫の両親が住んでおり、何かと病弱で、ハツさんは結婚したその翌日から姑の介護をした。朝は午前四時頃に起きて、お手伝いさんと一緒に朝食の支度をした。まず火を熾すことからはじめる時代だった。都市ガス、電気釜、電子レンジ、洗濯機などがなかった時代だ。

ハツさんは一人息子に嫁いだのに、結婚して一〇年経っても、子ができなかった。両親からは子を産めないと言って責められた。夫は、両親がハツさんを非難しても知らん振りをしなさい、と言ってくれる優しい人だった。それに夫の地方転勤は単身赴任であったから、時々、ハツさんが数日、地方にいる夫の世話に行く程度で、後は実家で両親の面倒をみていたから、夫はハツさんに感謝の気持ちもあったのだ、と思う。

ハツさんは、生花を習っており師範の免許も持っていた。ハツさんの息抜きは、生花をする時だった。

生花の師匠は、以前からハツさんに下心があったかもしれない。ハツさんは、師匠を当然のこととして尊敬していた。ある時、師匠とハツさんだけがお稽古場に居ることになり、その時、ハツさんは師匠に乱暴された。激しく抵抗すれば逃れられたかもしれない。しかし、ハツさんは、抵抗できなかった。

ハツさんは、そのことを誰にも言えなかった。女性が乱暴された時に、非難されるのは男性ではなく、すきを与えた女が悪いと言われることもある時代だった。ハツさんは妊娠した。一回きりで妊娠したのだ。夫とは暫く会っておらず、夫の子でないことは明らかだった。

妊娠したことが明らかになった時点で、ハツさんは実家に帰された。

夫以外の男性と不埒な関係をもった女は、嫁としての資格がない。

ハツさんは三九歳になっていた。ハツさんは、乱暴された結果だとしても、初めて妊娠し、子を産めないのは自分のせいではないこと分かり、内心喜んだ。妊娠できなかった責任は、夫にあったことが明らかになったのだから。また、折角、宿った命をむざむざ流したくなかった。当時としては、三九歳の初産など珍しい時代だった。ハツさんの両親は、離婚して自分で子を育てるというのであれば認めよう、ハツさんの得意なお花を人に教え、収入を得られるようにすれば良いではないか、と言ってくれた。一九六〇年代は、女性が外で働くことが珍しくない時代になりつつあったことも、両親の考えを後押しした、と思う。そして、ハツさんもその気になった。

ところが、夫が地方から帰ってきた。ハツさんの両親に手をついて、お腹の子は流して、どうか戻ってきて欲しい、とお願いした。また、夫の両親もそれを望んでいること、夫の両親は驚いてハツさんに厳しい態度を示したが、お腹の子さえあきらめてくれれば、前のように穏やかな生活に戻れるから、と言った。ハツさんの両親は、娘のためには、子を抱えて苦労するより、元の鞘に戻したほうが良いと、判断を変えた。

あの時代は、まだ離婚した女性に対する偏見が残っていた。また、ハツさんは、親に逆らってまで、子どもを一人で育てていく自信がなかった。ハツさんは、子を諦めた。その後、ハツさんは一度も懐妊することがなかった。

ハツさんが、婚家に帰った後、まもなく、夫の両親は他界した。

ハツさんは八〇歳で死亡した。ハツさんは、夫が亡くなった後、遺言書の作成を陽子に依頼したのだ。その時に、あの時に周りがどんなに反対してもあの子を産んでおけばよかった。夫だって、自分の子種がないことが分かったのですから、両親を説き伏せて、子を産ませて欲しかった、と繰り返した。

陽子は話を終えると、一樹に向かって問うた。

「あなたは、どう思う」

「その夫は、僕と同じ立場ですかね」

「違うと思えるけど」

「どこが違いますか。妻が一回の不倫で妊娠したという点では同じですよね。違う点は、ハツさんは子を諦め、真由美は諦めなかった、ということでしょう」

「そうね」

「しかし、ハツさんも周りの人たちも、夫の子ではないことを知っていた。僕は、知らなかった」

「あなたは、本当に知らなかった、と言えるの」

「いや、疑っていたということは、半分知っていたということかなぁ」

と、一樹は力なく答えた。

「あなたは、疑いを持った時に、どうして精子検査をしたことを真由美さんに言わなかったのかしら」

「どうしてか、分からない。もし、言っていたらどうなっただろう」

「あなたの子ではないと断定して、あなたは離婚した、と思う。それとも他の道をとったかしら」

暫く沈黙が続いた後で、一樹は一語一語区切りながら話した。

「僕は、疑った。しかし、検査のことを真由美に言わなかった。言うのが恐ろしかった。真由美を失いたくなかったんだ」

陽子は、真面目な中学生だった一樹を見る想いがした。そして、陽子は話を続けた。

「ハツさんのケースと違うことがまだあるわ。時代の違いよ。あの時代は、戦争が終わり、法の下の平等、家庭生活における男女平等を定めた日本国憲法があった。だけど、明治憲法時代の血統を尊重する家制度の思想がまだまだ根強く残っていた。ハツさんの夫の両親とすれば、長男の嫁は跡継ぎを産むことが義務だと思っていた。その義務をハツさんに求めたのだと思う。

でも、ハツさんが悔んでいたわ。夫はなぜ、産むことを認めてくれなかったのだろうと。夫は、国家公務員で、日本国憲法の存在を十分に知っていたはずよね。家制度はないのだという事もね。自分たち夫婦で、自分たちの家族を創りあげることができる。私たちは、国家から強制されない生き方を選び、決定することができる。あなたには、家族は血でつながった者たちという思想があるんじゃないの」

「だって、家族の基本は、まさに血だと思うよ。配偶者だけが違う」

「基本はね。でも、絶対視はできないわよね。絶対視していたら養子縁組の制度さえ揺らいでしまいかねない。あなたが知っているように男性の精子は弱まっている。それに晩婚化しているから、高齢女性の卵子も高齢化している。家族を創ることが簡単な時代ではなくなってきている。血統を求めていたら、それこそ家族は成立しなくなってしまう危険があるのよ」

「じゃ、夫は妻に、誰でもいいから外で遊んでおいで、と言わなければならない時代なんですか」

と、一樹は皮肉ぽく言った。

「そんなに話を飛躍させないで。あなたらしくもないわ。結局、愛情なんだ、と思わない。妻を愛するかどうか。一度間違いを犯したからと言って、愛情がなくなってしまうものなの。勿論、激しい怒りが湧くわよね。それに、配偶者が自分を無視して継続的に他の異性と交際している場合には、確かに、人格に対する蔑視や軽視があるでしょうから、怒りや悩みが深くなって、離婚は当然といえるのでしょうね。でも、お互いに信頼し、協力した時間、その中で築かれてきた愛情が、たった一度のミスでもって、壊れてしまうの」

一樹は、前日の睡眠不足もあって、疲れてしまった。これ以上、陽子と話す力がなくなってしまった。一人になって考えたい、と思った。

一樹は、その日、新宿のホテルに泊まった。酒を飲んだ後、熟睡したようだ。もう日が昇ったのかと目覚めて、時計を見ると、まだ午前二時頃だった。

陽子弁護士が話したことをもう一度、思い返してみた。家族は必ずしも血ではない。愛情ではないか、と言った。そうかもしれない。今まで、自分の血を受け継がない穂美を娘として育てて来た。それはどんな愛情だったのだろう。生まれたばかりの時は、大人の人間として、弱い生き物に対する無条件の愛情だったのではないか。成長するにつれ、その可愛い仕草に感動したのだ。パァパと言って、甘えてくる生き物に感動したのだ。

感動したのは、穂美が自分の存在そのものを絶対的に信頼してくれたからではないか。自分という不確かな存在を確実にしてくれたのだ。学校に入ってからは、優秀な子どもに思え、自慢の子になっていった。穂美が描く伸びやかなデッサンや配色は、さすが画家のお嬢さんですね、などと言われる。自分は穂美の絵が評価されることを自慢にし、自慢できる生き物だから娘として認めてきたのだろうか。穂美がありきたりの絵を描き、ありきたりの娘であったらどうだろうか。それでもなお、自分は穂美を誇らしく思うだろうか。愛することができるだろうか。

一樹は暗い部屋の中で、自分の心の底を覗いていた。

自分は真由美を愛していたのだろうか。疑いを抱きながらなお愛してきたのだろうか。いや、錯覚だったような気もする。

真由美は自分のことを愛してきたのだろうか。生活のため、穂美を育てるために利用してきただけではないか！

しかし、あの時、真由美は言った。許してくださいと。罰は受けますと。あの強靭さはなんだ。生活と娘を守るためなのか。

一樹はベッドの上で、何回も同じ自問を繰り返し続けた。

翌朝早く、一樹は、前から行きたかった奈良に行った。飛鳥に行きたかったのだ。飛鳥は、小高い丘が幾つも続き、その麓には、農地が広がっていた。穏やかな景色だった。そんな景気の中にある高松塚古墳は、広い公園内の丘の上にあった。古墳の側にも農地が広がっている。ぶどう畑もあった。秋にはたわわなぶどうの実が揺れるのだろう。一樹は、そんな景色を眼にしっかり入れた後、高松塚壁画館に入った。その館の中は、別世界だった。暗い、静かな中に、ゆたかで、優しげな飛鳥美人が立っている。玄武などは力強く描かれている。

この世界は、なんだ。これは、大陸から来た文化そのものではないか。祖先は大陸から来たのだ。そして、大陸の人たちは、アフリカから来たのだと言う。自分は、何者なのだ。自分の血は、誰の血を受け継いできたのだと言うのだ。

一樹は、その夜、飛鳥にあるホテルに泊まった。翌朝、一樹は、ホテルの窓から、赤々とした太陽が天空に昇りながら発する神々しい光を浴びた。神々しい光はこの空を輝らし、一樹を輝らした。光を浴びながら、一樹は自然に涙があふれてきた。自分はなんというつまらない人間だろう。些細なことに悶々としてきた。日々の些細な出来事に身もだえ、苦しみ、自分を哀れんできた。

真由美は自分にとって必要な存在ではないか。穂美もそうだ。真由美と結婚して続けてきた平穏な生活。そして、穂美の誕生。二人は自分に幸せをいっぱいくれたではないか。大切なことを忘れそうになっていた。

血がなんだ。穂美は僕の子だ。アイツが、自分が穂美の父親です、と名乗りをあげたら、自分は戦って、穂美を守る。ただ血がつながっているだけで、一秒も一緒に生活をしたことのない男に父親の資格があるか。

翌日、一樹は陽子弁護士に電話をした。離婚はしない。自宅に帰る。心配をおかけした。ありがとう。
真由美は一樹が家を出た後、しばらく放心状態だった。しかし、穂美が学校から帰宅したことで我に返った。穂美は帰宅と同時に、いつもの通りアトリエに行った。パパに帰宅したことを報告するためだった。パパは居ない。今日、お出かけする予定を聞いてはいなかったのに。「ママ、パパはどこにお出かけなの」と、すねた口調で聞いた。それから、今日の学校での出来事ごとをしゃべり続けた。

真由美は、そんな穂美を見ていると、パパと引き離すことはできない、と思う。離婚したら、一樹と穂美を引き離すことになる。娘に離婚理由をなんと説明したら良いのだろう。穂美のパパは、一樹さんではない。別の人だと誰が言えよう。穂美が信頼し、尊敬するパパは一樹しかいない。

一樹にひたすら謝り続けよう。一樹が許してくれるまで。しかし、許してくれる時がくるだろうか。自分が騙し続けた一一年間はかかるかもしれない。

穂美は、心細かった。いつものママと違う。ママは暗い顔をして、なにか考え事をしているように思えた。パパがいないからだ。パパは、いつもお仕事で帰ってこない時は、穂美に「パパは、今日帰れないからね。いい子にして、ママとお留守番をしていてね」と、優しく言って出かけた。それなのに、パパは何も言わないで出かけてしまった。そして、何日も帰ってこない。どうしてだろう。パパたちは、喧嘩をしたのだろうか。しかし、穂美は、パパがいつも言っていた、「良い子」をしていれば、きっと帰ってくるだろうと信じて、待ち続けた。

一樹は家出から一週間後の夜遅くに帰宅した。真由美は、急いで玄関で迎えたが、素直に「ごめんなさい、帰宅なさらなかったから心配したわ」と、言えなかった。一樹は「一週間も家を空けて心配させたね」と、言うつもりだったが、何も言えなかった。真由美は、「お帰りなさい」と言うのが精一杯だった。一樹も「あぁ」と言って終わった。

二人のギゴチないやりとりをしていた時に、いつもパパの帰りを、耳を澄まして待ち続けていた穂美は、パパの声を聞きつけて、子ども部屋から飛び出してきた。

「パパ、お帰りなさい。パパがいないので、穂美は寂しかった」

と言うなり、パパの身体にしっかりしがみついた。

「穂美ちゃん、止めなさい。パパはお疲れなのよ」

そう、確かに一樹は、心身共に疲れていた。しかし、あの苦しみから解放された爽快感があった。

「穂美、パパが帰ってきたんだ。もう少し起きているか」

「うん、どんなお仕事をしていたのか、穂美にもお話をして」

と言いながら、一樹の後について寝室に入ってきた。穂美は、一樹が着替えをするのを手伝った。一樹は改めて、娘だ。自分の娘だ、と喜びがこみ上げてきた。

「穂美、パパは穂美が大好きだよ」と言うと、穂美は、「穂美もパパが大好き」と応えた。

真由美は、部屋の外で、二人の声を聞いていた。真由美は、一樹が自分たちの元に帰ってきたことを確信した。


三月一一日の午後二時四六分頃、真由美も一樹も自宅に居た。突然、自宅の建物の骨組が大きく揺れだした。アトリエの棚から一樹が書き溜めて置いた絵画、絵の具、画用紙、コンパスが落ちた。あっと言う間の出来事だった。一樹は柱に捕まってかろうじて立っているだけで精一杯だった。居間にいた真由美は、倒れそうになるタンスを押さえたが、いつ、タンスが自分の上に倒れかかってくるか恐怖を覚え、急いでタンスから離れた。

一樹が居間に来て、テレビをつけろ、と言ったのは、少し揺れが収まった後だった。二人とも互いに青ざめていた。

テレビには地震の速報が流れ出していた。震源地は東北地方で、その時、震度推定はマグニチュード八・八であり、国内空前の巨大地震であると緊張した報道が続いていた。

真由美は、急いで学校へ電話をしたが混雑しており、つながらなかった。一樹と真由美は穂美を迎えに学校に行った。二人は何も話さなかった。まだ心から仲直りをしたわけではなかった。しかし、二人の一番の関心事は、穂美の安否であった。

学校は子どもたちを体育館に集めていた。親が次々に子どもを迎えに来ていた。穂美は両親の顔を見ると、飛んできて、パパの体に抱きついた。

それから数日の間、三人一緒に過ごした。時々、余震があった。その度に緊張が走った。テレビの放映は刻一刻と変化した。当日の午後三時過ぎから巨大な津波が三陸地方の町や村を襲い始めた。波止場付近の駐車場にある車がつぎつぎに流されていく。家々さえ、次々に流されていく。田や畑に濁流が流れ込んでいく。人も流される。生きた人が流されていくのだ。屋根の上に居る人も流されていく。

なんと言うことだろうか。これが現実に起きていることなのか。穂美はもちろん、一樹も真由美も信じられない映像を見続けた。一樹は、胸をかき千切られるような気がした。流されていく人たちは、恐怖の真っ只中にいるはずなのに、自分たちは、居間で、テレビを見て、まるで観戦しているようではないかと自責の念が沸き起こった。

この巨大な災害、自然の脅威の中で、この小さい人間たちが何をすることができよう。

地震の翌日には、東京電力の福島原子力発電所で爆発があった。「炉心溶融」が起きている可能性がある、と報じられている。

一体、この国で、何が起きているのだろうか。テレビでは、心配する必要はない、と盛んに専門家といわれる人たちが出てきて説明している。しかし、こんな説明が必要であるということは、危険だということに違いない、と、一樹は考えた。

一樹は、ふと穂美を見た。穂美は一重の瞼を大きく明広げテレビに映し出される光景を見続けている。この容赦ない自然の脅威と原発事故をどのように受け止め、成長していくのだろう。自然は命を生みだし、また、破壊していく。この子も自分と同じように大自然の営みの中で生み出された一つの命ではないか。

自分の精子は、新しい命を誕生させる切っ掛けとならなかったけれど、自分の運命は新しい命を育てることだったのだ。自分は真由美を信頼して結婚した。真由美の奥深い感受性を信じたのだ。この女性とであれば、幸せになれるだろうと思った。なにも自分の遺伝子でなくて良いではないか。穂美は自分を父親と信じている。仮に、遺伝上の父親でないことを知ったとしても、それが、父親である自分への信頼をなくすことにはならないはずだ。むしろ、一層、尊敬するかもしれない。所詮、男は女性に育てられ、女性を慈しむ役割のようにも思われる。

一樹は穂美の手を握った。そして、もう一方の手で真由美の手を握り締めた。

2

自立

渡部照子

北原良夫は、入浴中に鏡に映る自分の裸体を見るのがこの上ない愉しみだった。身長一七五センチ、体重六五キロの体躯についた胸、腕、太ももなどの引き締まった筋肉と、その上にある整った顔立ち。三二歳の今、この美しい身体を維持できているのは、外科医という忙しく、ストレスの強い職業の中、日々、怠らない筋力トレーニングの賜物であり、広めの額、顔面中央を走るまっすぐな鼻筋、細い目と唇という整った顔立ちは、祖父から引き継いだ遺伝子による。T大学医学部を経て、今、その医学部で外科医として勤務しているのも、祖先から引き継いだ優秀な遺伝子と自分の努力の成果である、と、満足していた。

良夫は、自分の美しい体躯に見惚れながら、母から、そろそろ身を固めて勤務医を辞め、父親が経営する病院の跡を継ぐように促されていたことを思い出した。父は、東京近郊に、内科、外科、神経科、眼科などを備えた一〇〇床を越える病院を経営していた。

妹の美智子は、女子大卒業後には、海外留学をしたいなどと言っていたのに、母が勧めた厚生労働省の若手官僚と二四歳で結婚した。既に一児の母親になって、すっかり落ち着いた生活をしている。

美智子も、他の女も化け物だ、と良夫は思う。ほっそりとした体型で、瓜実顔の美しかった美智子が子どもに夢中になって、やや太り気味になっているのに、その体型の変化を気にしている様子はない。体型だけではない。可愛いいと思っていた女がある日、豹変して、自分に歯向かい襲ってくる。女とのつきあいは用心しなければならない。

良夫が女性に用心深くなった理由は、大学生の時に交際した秀子とのことだった。良夫は自分で自認するようにイケメンで、勉強もよくできたので、高校生時代から女性に人気があった。T大学の医学部生ともなると、女がまとわりついてきた。自分が声をかけて嫌がった女はいない。

秀子もそんな女の一人だった。秀子とは、T大とS女子大とのコンパで知り合った。一見聡明そうな感じで、しかも身長一五五センチほどと小さく可愛い感じがした。はじめのうちは、携帯電話やメールで他愛ない話をしあう程度だった。その内に、秀子から相談があるとの連絡があり、会ってみると、「逢いたかっただけ」と、言われた。自分の気持ちを率直に口にした秀子を、良夫は、可愛いと思った。秀子は、いつも熱心に良夫の話を聞いた。自分が小・中・高校時代にいかに勉強をしてT大学に合格したか、外科医となるためにいかに努力中か、同じ医学生がいかに馬鹿か、といった話を熱心に聞き、良夫さんは素晴しい人だと、心から尊敬している様子だった。

その内に若い二人は、郊外にドライブに行った時に、関係をもつようになった。ごく自然の流れで、秀子は嫌がることもなく、むしろ積極的だった。良夫は、互いに二人で愉しんでいる、と思っていた。後から考えても、秀子が愉しんでいたことは間違いないはずだ。良夫は妊娠しないように気をつけたし、秀子に妊娠する時期かどうかを確認していた。秀子はいつも否定していたので、良夫は安心していた。ところが、ある日、秀子から妊娠したと告げられたのである。良夫は妊娠したと聞いたときに、言った。

「なに、冗談を言っているんだ」

しかし秀子は、真剣なまなざしで言った。

「冗談ではないわ。本当よ」

良夫は、すぐに反論した。

「自分の子ではない。僕が、妊娠しないよねっ、と確かめると、君はいつも、妊娠する可能性はないと言っていたじゃないか」

秀子は泣きながら言った。

「ごめんなさい、ちゃんと体温、測っていなかったの」

「そんなことがあるか！」

「ねぇ、産んでいいでしょう」

良夫が怒りをおしこらえていると、秀子は、さらに、涙を浮かべながら、

「私は産みたいの、良夫さんの子を産みたいの」

と、か細い声で続けた。

良夫は、全身から怒りがわいてきた。それこそ冗談ではない、と思った。もし、本当に自分の子であれば、この女は自分と結婚したいために、自分を騙して計画的に妊娠したのだ。女は、何の努力もしないくせに、結婚相手に、自分と不釣合いな秀でた男を望むのだ。

自分は遺伝子が優れている上に、努力してきた。小学校四年生から進学塾に通って勉強した。父や祖父や曽祖父たちと同様に、医者になるためだった。江戸時代には、藩の御殿医を勤めた家柄だったのだ。母にそんなことを聞かされながら、医者になるように勧められた。勉強を始めた頃は、勉強は面白いものではなかった。秀子たちが遊んでいた夏休みや冬休みも返上して勉強した。しかし、中学受験では希望の学校に行くことができなかった。合格できなかったことが分かった時、家の雰囲気は一変した。暫くの間、落胆してぼんやりしていた母。父は、これで決まったわけではない。次を頑張れ、人間、一生努力だからな、と言ってくれた。あの時の悔しさ、空しさ、そして疲労感が、女に分かってたまるか。それからT大学を目指して勉強を続けた六年間。

馬鹿な女と誰が結婚できるか。秀子だって、遊びでつき合っていることは、承知のはずだった。良夫の結婚相手は自分と同等な家系の女でなければならない。自分の優秀な遺伝子を引き

継がせ、その子を育てるためには、自分と同様に選ばれた家系でなければならない、というのが良夫の考えであった。

その日、良夫は秀子に、今後、会うつもりがないことを明言した。秀子は「お腹の子をどうしてくれるの！」と、まるで鬼のようになって叫んだ。これまで、良夫が見たことのない女がそこに居た。

それから一〇日過ぎた頃、秀子が委任した弁護士から、お二人の今後のことについて話し会いたいとの文書が、自宅に送付され、良夫の両親は秀子の存在を知ったのである。両親は、すぐに弁護士を依頼し、良夫にその法律事務所に行くように命じた。

弁護士は、良夫に秀子との交際のあらましと、結婚の約束があったのかどうかを執拗に尋ねた。良夫は秀子を両親に結婚相手としてはもちろん、友達としても紹介したことがなかった。また、婚約指輪を贈ったこともなかった。しかし、ベッドの中で、秀子から結婚したいと言われことがあったし、良夫さんが病院経営をするのなら、自分は病院経営が分かるように勉強するなどと言うのを聴いたことはあった。しかし、それは、秀子の一方的な話で、真剣に話し合ったことではなかった。

弁護士からは、婚約は成立していないので婚約不履行ということにはならないでしょう。しかし、妊娠した子が良夫さんの子であれば親子の関係は生まれますね、と説明され、子についての希望を尋ねられた。良夫は本当に自分の子か疑いがあった。しかし、血液鑑定には日時を要する。秀子はもうすぐ妊娠三ケ月目に入るという。改めて、良夫は、騙されたと思った。もっと早く妊娠の事実は分かるはずだ。秀子は、堕胎の危険が高まりつつある時期を選んで、妊娠した、と言ったのだ。そして、命を救済しなければならない使命がある医師の自分を動揺させ、結婚に持ち込もうとしているのだ。そんな卑劣な手に誰が乗るか。秀子、死ね！　子もろとも秀子、死ね！　と怒りが全身を駆け巡った。

弁護士間の協議が数回行われた。秀子の両親から良夫に対し、男の責任を取って欲しいとの要請があったが、良夫は、男を騙して妊娠した秀子さんの責任である、と反論した。娘が娘なら親も親だと、良夫は思った。女はT大学生というとすぐに男について来たがる。そして、結婚を望むのだ。親も同じだ。T大学生というと、眼を輝かせて娘を押し付けようとするのだ。自分たちの家系、遺伝子を考えないのか。ほんの少しでも考えれば、それ相応の相手でないことは分かるはずではないか、馬鹿どもだ、と心底から怒りが治まらなかった。

結局のところ、良夫の両親がまだ大学生である良夫の将来を考え、秀子が堕胎したことの証明と引き換えに、五〇〇万円を支払うことで終わった。良夫が秀子との交際から得た教訓は、女と遊ぶときには、なにかにつけて二人とも遊びであることを確認すること、ベッドの中でも絶対、あいまいな態度をとらないこと、更に、妊娠しないことを確認することであった。

秀子とのトラブルからもう一〇年経つ。この間、良夫は、教訓を活かした女とのつき合いをしてきた。外科医となってからは、女に困ることはない。主に看護師や検査技師などしている女たちと遊んできた。彼女たちは、職業をもって経済的に自立しており、良夫が遊びであることを了解している、と思っていた。しかし、良夫はつい最近、指導教授から、身を慎んだらどうかと言われた。と言うことは、悪い風評があるのだろう。母が言うように、そろそろ身を固め、大学病院を辞める時期だ、と思った。そして、両親が勧める女性を妻にしようと改めて思った。妻は、自分の子を産み、育てるのだから、由緒正しい賢明な女性でなければならない。両親が選ぶ女性であれば、何も問題はない。

しかし、良夫は一人だけ気がかりな女がいた。

清水由香が知人の紹介で緒方陽子弁護士に相談に来たのは、二〇一一(平成二三)年六月の雨が降り続ける寒い日のことだった。知人とは、陽子弁護士の職務上知り合いになった精神科の受付事務をしている女性で、由香さんの話を聞いていると気の毒なので、相談に乗ってあげてください、と頼んだのである。由香は、一人で来た。細身で、暗い雰囲気を背負っていた。

どんなご相談ですか、との弁護士の問いに、四年ほど交際してきた男性から他の女性と結婚が決まったので、遊びは終わりです、と言われたのですが、別れなければならないのですか、と、尋ねた。陽子弁護士は、由香さんは質問に的確に答えられる人だ、と思った。そこで、陽子弁護士は、相手の男性がどんな人か、職業は何か、年齢は何歳か、どこで知り合い、どんな交際をしてきたのかなどを、次々に質問していった。

由香は、なにかためらいがちに、しかも、自信なさそうに説明した。

由香は二〇〇七（平成一九）年三月に高校を卒業した。由香は、専門学校に行きたかった。しかし、どんな目的で専門学校に行きたいのか、自分でも分からなかった。そこで、とりあえず飲食店でアルバイトをした。いくつかアルバイト先を変えたが、新宿駅近くのスナックで働いていた時に、客として彼と知り合った。名前は北原良夫と言う。彼はT大学医学部卒で、当時も今もそこで働いている。彼は、同僚らと一緒に時々、飲みに来ていたが、そのうちに一人で来るようになった。はじめの頃は、外科医の仕事の話が面白く、また、自分みたいな馬鹿な人間を相手に、難しい話を真剣にしてくれるのが、とても誇らしく思えた。そして、彼に誘われてドライブに行った日に関係をもった。男性と関係をもったことは初めてのことではなかった。外科医という偉い人が自分みたいな馬鹿な人間を相手にしてくれて本当に嬉しかった。とても幸せだ、と思った。

陽子は、由香の話を聞きながら、何度となく「自分みたいな馬鹿な人間」という言葉に引っかかった。どうして由香さんは自分を馬鹿な人間と自己否定するのだろうか。そこで、陽子は聞いた。

「由香さんは、自分のことをどう思っているの」

「私ですか。私は馬鹿な人間なんです」

「どうして馬鹿な人間だと思うの」

由香は、暫く押し黙った後で、やっと、由香は、小さな声で言った。

「私は、学校をやっと卒業できたんです。本当は成績が悪くて卒業できなかったんです。でも、留年させてもダメな人間だから、卒業させてくれたんです」

「由香さんのことを、馬鹿だとか、ダメな人間という人がいるの」

「います」

「誰」と、陽子が聞くと、由香は、手をしっかり握りしめた。多分、言いたくないのだ。言うこと自体、辛いことなのだろう。しかし、陽子は聞かなければアドバイスできない。再度、誰なの、と聞くと、やっと由香は、答えた。

「一人じゃないんです。何人もいます。彼も言います」

「どんなときに彼は言うの」

「会ったときに、必ず言います」

「どんな風に言うの」

「食事するときも、何か私が話す時も」

「たとえば、どんな時」

「たとえば、私は、ちゃんとしたマナーを知らないんです。だから、食事の仕方、スプーンやナイフの持ち方や、コーヒーの飲み方も。彼は医者一家に生まれて、豊かな家で育って、そんなこともバッチリ知っているんです」

「じゃ、彼に教えてもらえばいいでしょう」

「ええ。教えてくれました。でも、私は教えてくれたようにコーヒーを飲んだつもりでも、彼は違うと言うんです。手の使い方なんかも違うって言うんです。秀でた人間がかもし出す雰囲気は全然ない、というんです。君は馬鹿な人間だって、言うんです」

「そんな酷いじゃありませんか。人間一人ひとり違う。育った環境も違う。それぞれにかもし出す雰囲気は違うに決まっているじゃありませんか。じゃ、彼はどうなの。由香さんのような優しい雰囲気をかもし出しているのかしら」

「私は優しくなんかありません。馬鹿な人間なだけです」

陽子は思った——私は、由香さんの深い傷に触れようとしている。由香さんがもつ優しさは、強靭な心に支えられた優しさ、人間に対する慈しみの心から発するものではない。傷つけられ、痛めつけられた結果、身を守るための優しさでしかない。

陽子はあえて聞いた。

「他にも同じように言う人がいるの」

「ええ。高校生のときに、友達からさんざん言われました」

「どうして」

「私、本当に馬鹿なんです」

「もしかして、馬鹿なことをしたっていう事なの」

「えぇ」

「どんなことをしたの。話したくないなら話さなくていいのよ」

由香は、少しホッとした表情を見せたが、再び緊張した表情になり話し出した。

「私、高二の時に、妊娠したんです。相手は同じ高二の人で、結婚しようと約束して。私、どうしていいか分からなくて妊娠しちゃって。でも、妊娠したら、それまでは優しかったのに、急に態度が変わって。私、お母さんに言えなくて。で、友達に相談したら、馬鹿だってメチャメチャにいわれたんです」

「そう。辛かったわね」

「ええ、でも、馬鹿だったんです、私。友達は遊ぶときには避妊する、って言うんです。高校生同士で、結婚約束はない、とも言われて。何も考えていない、とも言われたんです。でも、友達がカンパしてくれたお金で手術うけられたんです」

「で、その相手はどうしたの」

「それっきりです。私、本当に馬鹿なんです。それで、さっき、専門学校って言ったけど、違うんです。ウソ言ったんです。もともと、勉強できなくて。手術受けた後、全然学校に行く気しなくて。なにか、自分が自分でないみたいで。どうでもよくなったんです。でも、卒業させてくれて。で、働きだしたんです」

「そう。でも、働き続けているんでしょ」

「だって、働かないと、食べていけない」

「それはそうだけど、働き続けることは、よく頑張っているという事よ」

「そんなことないです」

「どうして」

「母からも小さいときから、ダメだの、馬鹿だのって言われたんです」

「幾つくらいから、どんな時に言われてきたの」

「私がまだ小学校に上がる前ころから。両親はいつも喧嘩をしていて。お金がないとか、父がお酒を飲みすぎるとか。母は、毎日のように喧嘩をしていて。貧乏だったんです。母は喧嘩すると私を連れて家出をして。母は、家出したときに、私に、あんたが居なかったらお父さんと離婚できるのに、あんたが居るから離婚できない。なんで生まれてきたんだろうね、って言ったんです。私は生まれて来なかったら良かったんです」

　そう言って、由香は、下向けた顔を一層、うつむかせた。陽子弁護士に苦しい顔を見られないようにしたのだ。

「でもお母さんから褒められたことだってあったんじゃないの」

「いいえ、一度もないです。あんたがいるからお金がかかる、早く大人になって稼いで、とか。

高校卒業した時だって、これで学校のお金がいらなくなるって、言ってました」

「お母さんも苦労されたんですね。お母さんは、由香さんがまだ子どもだってことを忘れて、大人扱いをしたんでしょうね。そして、いろいろ愚痴を言ってしまったんじゃないでしょうか。お母さんは、今、ご健在なの」

「はい、父と一緒に暮らしています」

「じゃ、由香さんがいるから離婚できなかったわけではないですよね。由香さんが独立したわけだから、いつでも離婚できるはずですからね」

と、陽子が言うと、由香ははじめて少し笑った。


由香さんの母親は、子を愛さなかったのではない。由香さんが愛おしい子どもであったはずだ。しかし愛し方、育て方を知らなかったのだろう。陽子は、明治時代に生まれた母から、子育てに悩んだ時に教えてもらったことがあった。子には食事、衣服、睡眠を与え、何かにつけて褒めること、あとはお天道様が育ててくださるから、と言われた。そのアドバイスがどんなに役立ったことか。子の前で多くを語らず、共にいる時間をもつこと、そして、子どもの成長を見守ることを教えてもらった。

また、ある精神科医からは、子の前では、お母さんたちの口はチャック、とも教えて頂いた。口をチャックすることで、子どもに片付けなさい、勉強しなさい、早く帰りなさい等々と、言わなくなる。子どもは分かっているのだ、親が言わなくても。こんな少しのアドバイスが母親の気持ちを変えていく。

　由香さんの母親が子を否定する言葉を使って育ててきてしまったことが、由香さんの人格形成に影響を与えたのではないか、と思った。否定される中で育つと、自信をはぐくむことや、自己存在の確立が難しいことがある。

　自己確立が弱いと、周りの強い人間に迎合して身を守ろうとする傾向もでてくる。由香さんの優しさの根拠は、何なのだろうか。

　そこで、陽子は聞いた。

「由香さんは、お母さんをどう思っているの」

「イヤなヤツ。いつも怒っていて。本当のこと言っちゃえば、死んじゃえばいいのに、って思うことある」

「今でも、そう思うの」

「いえ、今は、一緒に暮らしてないから」

「じゃ、一緒に暮らしたら、そう思うかしら」

「多分、思う。私とたまに会うといつもガミガミ言うから。この前も会ったら、私のヘアスタイルはダメ、そんないい加減なスタイルをして、って顔を歪めて言う」

　確かに由香のヘアスタイルは、髪がきれいに整っているとは言えない状態だった。濃い茶色に染まった長い髪が乱れたままになっているようなスタイルだった。陽子は、続けて言った。

「由香さんは、お母さんに反発心を持っているのね。いいことですよね」

「えっ、なんで」

「子どもは親への反発心、反抗心を持って大人に成長していく。由香さんもその反抗心があって親元を離れ、経済的に独立して一人で暮らしているのですよね。立派な大人ではありませんか。ダメな人間や馬鹿な人間だったらそんなことできないでしょう」

「そんなお世辞は言わないで。私は、教養がない親、キライ。彼がよく言うんです。私と彼では、育った環境が違う。だから、私がいろいろ知らないのは、親のせいだって。親がしっかりしていてくれたら、私はもう少しマシだったと思う。彼もそう言う。だから、彼が私とは結婚しないことは分かるんです。私が彼と結婚したら、私がもっと不幸になるって言うんです。それも分かる。でも……でも、私は彼と結婚できたらいいな、と思って。それで、医療事務の仕事ができるように勉強したんです。私は、今、歯医者さんの事務の仕事ができるようになっているんです」

「すごいじゃありませんか」

「私、勉強したいと思ってしたことはなかったです。でもやってみたんです。彼が教えてくれて。私、本をまともに読んだことなかったから。一ページ読むのも大変で。分からない言葉ばかりで。彼が教えてくれなかったら、ダメだったです」

「そう、よかったわね。由香さんが医療事務できるようになって、彼はなんと言ったの」

「『何だ、少しはできるんだな』って」

「いつも、馬鹿な人間と言っている人としては、すごい褒め言葉じゃないのかしら」

由香は、少しニコッと笑った。

「お母さんは、どう言いましたか」

「お母さんには、言ってない、どうせ言っても、じゃお金を少しくれってくらいなことしか言わないから」

「そう。そして、その後、彼は少し変わったのかしら」

「いいえ、でも、彼は、『いいか、誰か好きな男ができたら相談しなさい。僕が由香に合う男かどうか観てあげるから』って、言うようになった」

「そう言われて、由香さんはどう思ったの」

「彼は、やはり私のことを一人前の人間って、思っていないんだな、と分かった」

「寂しかったのね」

「ええ。そう。寂しかったです」

「由香さんにとって、本当に彼は、結婚したい人なの」

由香は、少し考えてから、

「私は好き。でも、結婚できる相手ではないです。だって、彼は私と違って、優秀な遺伝子を持っていて、しかも努力できる人間だから。彼は、人間は平等だと言うが、本当に平等だと思うヤツがこの世にいるのか。そんなヤツがいるとしたら、ソイツは馬鹿だなって、言っている」

「じゃ、由香さんもそう思うの」

「そうですね、半分半分かな。半分は彼の言うとおりだし、半分は違うように思う」

陽子は、由香さんが浮き草のように根がない人間ではなく、むしろ両親の喧騒の中にあって、ある時には自己存在を否定されながらも必死に太陽に向かって枝を伸ばしてきた土台をもった存在である、と思った。由香さんの優しさは、自己防衛のきらいがあるとしても、それは一般的に人間が持っているものである。

その後、由香は、これからも彼とつき合いたい、と言った。陽子は、これからの付き合いは彼次第であることと、彼が他の女性と結婚した場合には、不倫となり、その妻に対して不法行為になることを説明した。由香は、「でも彼が結婚しないこともあるかも知れませんよね」と言って、帰って行った。

良夫は、両親が勧めた矢島幸と結婚するつもりで、交際を始めた。幸の実家も医者一家で、父はK市立病院の院長をしていた。市立病院の院長の報酬はさほどではないと言われるが、一般のサラリーマンに比較すれば高給であることに変わりはない。また、母親は相続によって得た不動産収入が多額にあり、十分に裕福な家庭であった。幸はS女子大学を卒業後、アメリカに住んでいる父の従兄弟宅に一年間滞在し、そこで異文化を遊んだ。幸は、英会話が堪能であること、最先端のファッションに精通していることが自慢であった。幸の顔だちはどちらかと言うと細面であったが、その眼も口も顔全体からすると大きめで、一六〇センチ程の身長もあり、存在感を感じさせるものがあった。

良夫は幸と時たま食事をしたり、ドライブをした。幸は、良夫が今まで遊んだ女たちと全く違っていた。幸は、良夫を尊敬の眼差しで見ることはなかった。幸の周りには医者たちがおり、医師の良夫はありふれた存在であった。幸にとっての関心事は、良夫が医師としての力量があるのか、夫として幸を大切に扱ってくれる男であるかどうか、であった。

幸は良夫に会った時は、優しい笑顔で挨拶し、振舞うが、その眼は、良夫を観察していた。

二人の会食の場所は、良夫がいつでも勤務病院から患者の緊急呼び出しに応じられるように新宿駅周辺にあるホテルの食堂街などだった。幸が洗練された食事マナーであったことは言うまでもない。そのファッションも幸の身体を優しく包み込むような仕立て物で、道行く人が振り返るような見事な着こなしだった。幸は、良夫の外科医としての業務内容を、眼を輝かせて聞くようなことがなかった。幸は広大なアメリカの自然に圧倒されたこと、様々な人種の中で生活する気苦労などを話すことがあり、良夫は熱心に聞くそぶりをした。幸は、良夫と郊外をドライブしても特別に喜ぶこともなかった。広大なアメリカの大地でのドライブと比較したら、その爽快感においても、スリルという点でもまるで子ども騙しのように感じられたからである。二人にとっての交際は、結婚というレールの上を走る助走期間であったにすぎない。

良夫は、両親が勧める相手であり、幸になにかそぐわないものを感じたが、結婚すること自体に疑問を持たなかった。しかし、今まで遊んだ女たちからの尊敬や信頼の眼差しや、良夫の求めるがままになる女たちと比べると、なんという違いであろうか。良夫は幸と別れた後に、疲労感を覚えた。幸は、自分の要求があり、良夫の言うがままになる女ではない。良夫は、妻とは、子を産み、育て、家計も委ねるのだから当然なのだと、自分を納得させる必要があった。

良夫は、幸に会った後、由香に無性に会いたくなった。由香の携帯電話番号を押した。由香は陽子弁護士に会った後で、良夫との遊びの時間は終わったのだと自分に言い聞かせ、心の整理をはじめようとしている時だった。

そこに、別れると言ったはずの良夫から電話があったのだ。由香は、内心驚くと同時に嬉しかった。しかし、電話などして結婚相手の女性に悪いのではないか、弁護士はなにか不法行為みたいなことを言っていたように思う。そこで、由香は尋ねた。

「先生、こんな電話してもいいの。先生の婚約者に悪いじゃないですか」

「いや、まだ結婚していないから構わないよ、それに電話じゃないか」

それから、二人で深夜遅くまで電話を続けた。由香は良夫に会えなくなって寂しかったことを話した。ダメだね、馬鹿だね、と言ってくれる人が欲しかった。

由香は、陽子弁護士と話したときに気づいたのだ。母は自分をダメな子、馬鹿な子、といつも言っていた。でも、母は自分を愛していたのではないか。愛すればこそ、もっと大きくなって欲しいとの願いが、そんな表現になっていたのではないだろうか。ダメ、馬鹿と言ってくれるということは、決して全存在を否定してのことではないのだ。愛しているからダメ、愛しているから馬鹿、という言葉がでてきたのではないか、と、考えついたのだった。

良夫が自分のことを何かにつけて馬鹿と言うのも、もしかしたら、母と同じかも知れない。もっと自分に教えたいので、ダメと言うのではないのか。自分に勉強を教えてくれたのだから。由香はそう思うと、ますます良夫が大切な存在に思えてきたのである。

良夫は、息抜きをしたかっただけなのだ。外科医としての緊張感が続く仕事。手術立会日は四～五時間の立ち通しはざらだ。一〇時間以上になることだってある。その上、近頃は、幸相手の交際で気疲れし、自分を心から解放する時間がない。良夫は由香と近況報告中に、幸のことまでも話していた。

「幸は、イヤな女だ。僕を見下すような感じがある」

「でも、幸さんは、礼儀やマナーは完璧な人なんでしょ」

「そう。それは間違いない」

「良夫さんのお家の雰囲気と合っているんでしょ」

「そうだね」

「じゃ、何もいう事はないじゃないですか」

「でもね、なんだかのんびりできないんだ。馬鹿話もできないんだ」

「でも、私と馬鹿話ばかりじゃ、それもまずいじゃないですか」

と、由香は堪えながら言った。良夫は、そんな由香の気持ちを察する風もなく、続けていった。

「そうだ、それも本当だ。由香に子を産ませるわけにいかないからな」

そう言って、良夫は笑った。由香も笑った。由香は辛かった。


良夫は、その後なにかと由香に電話しては、息抜きをするようになった。同僚の手術中のヒヤリミス、幸と初めてキスをしたこと、彼女は相当の熟練者と思ったことも。由香は悲しい気持ちで相槌を打って聞いていた。

ある日、良夫は久々に由香をドライブに誘った。由香は嬉しい気持ちとさびしい気持ちが交差していたが、良夫の誘いに乗った。できたら由香は、お別れの挨拶をしようと思っていたのである。

良夫は、その日、時々泊まっていたホテル内に車を滑らせた。由香は断りたかったが、断りきれなかった。

良夫は自分が満足した後、由香に言った。

「幸との結婚の日取りが決まった。道徳的には、由香とは別れなければならないけれど、どう、これからも時々、遊ばないか」

由香は暫く言葉がでなかった。そして、はじめて良夫に抵抗するかのように言った。

「遊ぶ。私と。いつまで遊ぶの」

「由香が遊びたくなくなるまで」

「良夫さんが遊びたくなくなるまでじゃないの」

「そんなことないよ。僕は分かったんだ。僕にとって由香は大切だってね」

「どうして、馬鹿な私が大切なの」

「僕にとって、馬鹿が近くに必要なんだ」

良夫は、由香の変化に気がついていない。

「先生は、いつも自分よりダメな人間、安心して馬鹿にできる人間を傍においておきたいということ」

「そうじゃない。僕は由香を馬鹿にしてはいない」

「ウソ、先生は、自分は優秀な遺伝子だの、家柄だのって言ってきたじゃないですか。私は優秀な遺伝子もなく、いつもお金に追われる家で育った。それから先生は、同僚の医者の人たちのこともいつも、馬鹿なヤツたち、と言ってきた。先生の周りはお馬鹿さんばかりじゃないですか。幸さんはイヤなヤツだそうですが、馬鹿だ、なんて言ったことはないですよね」

良夫は、こんな風に由香から反撃されたのは、初めてだった。由香も反撃するのだ。由香は何を怒っているのだろうか。自分はいつもの通りで、何も由香が怒るようなことを言ってはいない。

由香は泣き出した。そして、泣きながら良夫に言った。

「私は、もう先生とは遊びません。私は先生からいろいろ教えてもらいました。私だってもう二三歳です。真剣にこれからのことを考えます。幸さんだって、良夫さんの奥さんになるんです。良夫さんに、二人の女は要りません」

良夫は、何か今までと違う由香が居るように思えた。いつも弱弱しく、なんでも自分の指示を待って、言うとおりになった由香だった。いつの間にか、別人になっていた。どうしたのだろうか。

可愛い馬鹿な女が、いつの間にか賢い女性に変貌していた。良夫は、今までにない熱い血潮が流れる鼓動の音を聞いた。自分は、この女が好きなのだ、好きだ、愛している。良夫は嫌がる由香を必死と抱き寄せた。

良夫は、由香に幸との婚約は破棄する、由香と結婚するからと、自然に言っていた。あの大学生時代に得た教訓を捨てたのである。

良夫は、その翌日、両親に幸との婚約を破棄したい、と切り出した。父は、怒鳴って言った。

「何を言っているのか馬鹿者」

母は、ソファーに座り込んだまま口もきけなかった。父は、良夫を厳しく叱責した後、聞いた。

「誰か好きな女性がいるのか」

良夫が、医療事務をしている二三歳の由香がいることを話すと、両親は、大笑いをした。母がやっと落ち着いて諭しだした。

「良夫さん、家柄を考えなさい。そんなどこの馬の骨か分からない人を、この家に入れたら、その由香という人も苦労するのよ。この家は、良夫さんも知ってのとおり、この地域の医師仲間や政治家とのつき合いがあるし、妹の美智子の夫の官僚さんたちも時々、遊びに来るでしょ。由香さんは、そんな交際ができる人なんですか。できるとは思われないけれど。どう」

「確かに、すぐにできないと思うけど、教えていけばできるようになる」

「何を言っているんですか。良夫さんだって、教養のない人に教えても、身に付かないことくらい知っているでしょう。生まれたときからの環境によって自然に身につく動作、思想が大切なのよ。良夫さんだって、よく言っているでしょう。『人間は平等だなんて虚構だ』って、言っていたではありませんか。それとも宗旨変えして、この家を出て行くおつもりなの」

良夫は咄嗟に、家を出て行く、とは言えなかった。良夫の動揺した姿を見て、母は、さらに続けた。

「良夫さんが家を出るということは、お父様が経営する病院を引き継がないということよ。それで良いの」

黙っている良夫に、父が言った。

「家を出たら、相続財産も当てにできないということだなぁ」

良夫は、家を出たからと言って、本当にそこまで両親はしないだろうと、思った。しかし、良夫はいままで、親に逆らったことがなかった。世上に反抗期と言われる思春期でさえ、受験勉強中で、母の精神的な支えが必要だった。母は、良夫が中学受験に失敗したときに、放心状態になったことがあったが、それも一時的なものだった。良夫ちゃんは、優秀な遺伝子を持って生まれてきたから、落ち込まなくてよい。必ず取り返せる力があると言って、励まし続けた。良夫も江戸時代から御殿医の流れを組む家系の血が流れており、必ずT大学に行けると信じたから、努力もできたのだ。良夫が今あるのは、この母のお陰だった。また、自分がストレスに耐えて仕事ができるのも、母の気遣いがあればこそではないか。母は、いつも何気ない様子で、良夫の顔色、肌の色を観察していた。少し疲れ気味のときには、バナナ、リンゴ、トマト、人参、蜂蜜、セロリなど幾つもの果物や野菜入りのジュースを作ってくれる。それを飲むと血液が巡りだすように感じられた。その上、良夫の指導担当教授たちにも、挨拶を欠かしたことはない様子だった。

良夫は、しかし、幸に不安を感じていた。幸と一緒にやっていける自信がない。母は、そんな良夫を見透かすように言った。

「結婚する前って、いろいろ不安に思うのよ。私もお父様と結婚する前、不安で仕方がなかったわ。女性は、夫の家に入るわけだから、男性の比ではありませんよ。お父様も、私と結婚なさる前に不安でしたでしょ」

「それは不安だった。正直、何回か食事をした程度で一緒になるわけだから。どんな性格の女性か分からない。趣味も知らないし、子育てもちゃんとできるか分からない。ところが、どうだ。親の目に狂いはなかった。お前たち二人を生み、立派に育ててくれた。それだけじゃないぞ。お祖父様、お祖母様の世話もしてくれた。いろんなやかましい人たちとの交際もしっかりやってくれている。感謝しているよ」

「あら、とんだ話になってしまいましたね。お父様」

「本当だよ、こんなことがないとなかなか言えないからな。今日はいい機会だ。本当にありがとう」

良夫は、完敗した。惨めな気持ちだった。財産をとるか、由香をとるか。良夫は、経済的基盤がないまま由香と二人で生きる覚悟をもつことができなかった。

「良夫さん、その由香さんとは、結婚の約束はしていないですよね」

「えっ、まぁ」

「そうですよね」

「結婚できません、と言ってくださいね」

良夫は、母の声を後ろにして、黙ったまま外出した。


由香は良夫からの連絡を待っていたが、翌日もその翌日も何の連絡もなかった。由香はやっぱりベッドの上でのたわいもない甘言だったのかもしれない、と不安になった。良夫は、自分を本当に愛していないように思う。自分にとって由香が必要ということは、由香を愛しているからではない。自分のそれこそ息抜きに、ただそれだけのために必要なのかもしれない。

そんなことを考えていた時に、良夫から深夜に電話があった。手術が続いて連絡できなかった、と言った。これから、由香のアパートに行ってもよいかと、聞かれた。自分のアパートに来たいなんて久々のことだった。由香は喜んで、良夫を迎え入れた。

その夜、良夫は由香に甘えるような感じだった。まるで子どもが母親の身体に触れるようにしながら、一緒になりたい、そして、一緒になれないけれど、どうしたらいいだろう、と、つぶやき続けた。

由香は良夫の行動を理解できなかった。一緒になれない、と言いながら、自分の身体を撫で回す良夫に嫌悪感すら抱いた。

由香は、翌日、以前相談した緒方陽子弁護士に会いにいった。由香は前日、ほとんど寝ていなかったので、眼の周りに黒いくまができていた。

「先生、私、分からないんです。結婚する人がいると言いながら、その人との婚約は破棄する、私と結婚しよう、かと言うと、一緒になりたいけれどできない、と言うんです、何を考えているのか、分かりません」

「それで、由香さんはどうしたいのですか」

「私もよく分からないです。私は良夫さんが好きです、でも、良夫さんは、本当に私が好きなように思えないです。この前、先生は、お母さんは私のことを愛していたと言いましたよね。私は、お母さんが私を愛しているなんて、一度だって思ったことがなかった。でも、先生に言われて、いくつか思いだしたことがあるんです。それは、私が小さかった時に、お父さんがテーブルに置いてあった『とりのから揚げ』を食べようとしていたことがあったんです。私は、それが好きだったし、それに、家にはお金がなかったから、おかずはそれと味噌汁くらいだったんです。お母さんは、由香の食べ物だ、返せと言って、お父さんに殴りかかったんです。お父さんは急いで、飲み込んでしまって。お母さんは、子どもの物を食べるなんて、お前は鬼か！ と言って、私を連れて家出したんです」

由香は、そう言って絶句した。しっかり母親の愛情を受け取ることができたのだ。由香は、心を落ちつけて話を続けた。

「でも、良夫さんは違うように思えるんです。自分のことしか考えていないようにも思えるんです」

「由香さんが思っていること、感じていることが正しいかもしれないわね。じゃ、どうしたらいいと思うの」

「そうですね、私やっぱり別れます。その方がいいように思います。良夫さんがいつも言っているように、住む世界が違うんです。私は一生、コツコツと働いていかないと生活できない。そういう生活しか知らないし、そういう生活しかできないんです。それが、私の住む世界ですよね、先生」

「由香さんは、すっかり大人としての覚悟ができましたね。由香さんは、どんなことに出会っても解決していけるすばらしい力を持ちましたね」

「そんな褒めないでください。私はもともと馬鹿な人間だから」

と言って、朗らかに笑った。

「どうしますか、良夫さんと別れるにあたって、慰謝料を請求しますか」

「いいえ、先生、私は良夫さんから随分勉強させてもらいました。医者と交際できたなんて幸せ。良夫さんから勉強を教えてもらい、今のお仕事してるんですから。それに、医者の世界は決して、尊敬できるだけじゃないってことも知りましたから。私、良夫さんにメールします。『良夫さん、さようなら』って」

陽子は、さわやかな風を感じた。あの弱弱しく自分は馬鹿だと言っていた由香が、異性との交際の中で、傷つきながら自分を見つめ、また、母親の愛情に気づき、愛する意味をつかみ取ったのだ。由香は、どんな困難に遭遇しようとも、必ず、生きる勇気を持って乗り越えていくだろう。

3

高齢を一人で生きる

渡部照子

緒方陽子弁護士が松田タエさんに初めて逢ったのは、二〇〇四（平成一六）年の夏のことだった。タエさんは、親しい知人に連れられて、陽子の法律事務所に相談にみえた。タエさんの顔は全体として整っており、頬骨が張り、唇は少し大きめだった。顔全体にシミやシワがあったけれど、なお若いときの美しさを今も残しておられた。タエさんは白いワンピースにピンクのカーディガンを羽織っておられた。そのカーディガンは麻糸らしき物を手編みしたもののようであり、柔らかな編糸が身体を柔らかく包んでいた。タエさんは、一九二八（昭和三）年生まれで、年齢は七六歳であった。

知人である斉藤さんの話では、タエさんは、陽子弁護士の法律事務所近くにある渋谷区内のマンションで一人暮らしをしておられ、日常生活は、介護保険を利用されており、ヘルパーさんが自宅に来て、買い物や昼食などの支度をしてくれている。近頃、タエさんは物忘れが酷くなってきたようで、お金がない、と言っては、斉藤さんに借りに来るようになられた。しかし、タエさんは、長い間働いてきた人なので、お金がないはずはない、と思う。

なにかタエさんを助けてあげることはできないか、と相談の趣旨を説明した。

陽子がタエさんに「本当にお金がないの」と、尋ねると、タエさんは「甥が持って行ってしまった」と、言われた。そして、タエさんは昔話を含めて脈絡のない話を長々とされた。タエさんの話から、陽子は、おおよそタエさんの状況を推測した。

タエさんは結婚されることなく、独身で暮らして来られた。タエさんは戦後、編み物の専門教室に通いニットの技術を習得された。タエさんは、その教室で助手としてしばらく働かれたあと、独立して編み物教室を開設すると共に、一九五八（昭和三三）年頃からは、銀座の洋装店にあったニットコーナーに商品を出され、相当の収入を上げられたようである。

そのタエさんには一人の姉がいたが、女の子と男の子を残して戦後の混乱期に結核で亡くなった。女の子の名は井口芳江さん、男の子の名は桜井安雄さん、と言う。二人は五五歳前後らしい。タエさんは、芳江さんや安雄さんと親戚付き合いをしてこなかったが、近頃、安雄さんがタエさん宅を訪問するようになり、安雄さんはその都度、タエさんにお金を要求し、この前来た時には、銀行のキャッシュカードを持って行った、とのことだった。

タエさんの記憶は鮮明なところもあるが、あやふやなところもあり、陽子は、安雄さんがキャッシュカードを持ちだしたという話を信用して良いかどうか、分からない、と思った。

そこで、陽子はタエさん宅にヘルパーさんがいる時間帯に、斉藤さんと一緒にタエさんの自宅を訪問し、現金や銀行通帳などを見つけるお手伝いをすることにした。

タエさんの自宅は、陽子の法律事務所からわずか徒歩五分ほどにあった。

八階建てのマンションで一〇〇室程度はあるかと思われる大きな建物だった。マンションの玄関付近には常駐の管理人室があり、清掃も行き届いていた。タエさんの居室は八階で、部屋の広さは二LDKであった。しかし、寝室を含め、部屋全体には様々な小物類が積み上げられ雑然としていた。

陽子は、タエさんに聞いた。

「タエさん、いつもお金をどこに置いているの」

タエさんは、バッグの中からお財布を取り出し、陽子に見せた。

「いくら入っているの」

タエさんは、財布の中の千円札数枚を陽子に見せた。陽子が、

「随分あるじゃない。だけど、もっとあるでしょう。どこにあるのかしら」

と聞くと、タエさんは言った。

「安雄が持っていった」

しかし、ヘルパーの安達さんが、寝室のベッドの下を指差した。陽子が、

「よく寝室のベッドの下にお金を置いている人がいるけど、タエさんはどうかしら。確認させてね」

と、言いながらベッドの下を探すと、お金の代わりに書類が出てきた。

書類は、なんと東京家庭裁判所の審判書で、「桜井安雄を後見人に選任する」と書かれていた。その審判の日付は、二〇〇三（平成一五）年一一月だった。桜井安雄さんが申立人、申立人代理人は青山雅子弁護士で、今から半年以上前に、タエさんは「精神上の障害により事理を弁識する能力を欠く常況にある者」、いわば、タエさんは、物事を正常に理解した上で、判断することが常にできない人、と判断されていたのである。そして、タエさんに代わって、タエさんの権利を守るために、安雄さんが成年後見人と決まっていたのである。

陽子は理解した。成年後見人である安雄さんが、タエさんの財産管理をしていたのだ。そして、財産管理の一つとして、タエさんの銀行通帳、キャッシュカードなどを持っていったはずだ。しかし、タエさんの毎月の生活費は、どのようになっているのだろうか。陽子が安達さんに、安雄さんが毎月タエさん宅を訪問しているのか、生活費はどうなっているのかを尋ねると、分からない、と言う。安達さんの説明では、以前は、ベッドの下に数十万円の現金がいつも置いてあった。タエさんはその現金がなくなると、新宿駅付近にある銀行に行って、キャシュカードで預金を下ろしてきた。でも、一、二年前からキャシュカードや銀行通帳を無くしたと大騒ぎをするようになった。近頃は、銀行に行くことも無くなった。家の中のあちこちに置いてある袋の中に何万円かの現金があって、それを探して生活していた。しかし、そのお金もなくなってきたようだ。

安達さんはさらに、つけ加えて言った。安雄さんは、去年の冬あたりから、毎日のようにタエさん宅に来るようになった。それまでは、ほとんど見たことがなかった。しかし、安雄さんがどんな用事で来ているかは知らない。

陽子は、タエさんがお金がない、と訴えるということは、安雄さんの後見業務の内容が、タエさんの要求や行動パターンと合っていないのではないか、と思えた。そこで、まずは、後見の申立ての代理人をした青山雅子弁護士に電話連絡をした。青山弁護士は代理人になっただけで、その後の後見業務の内容については、知らない、ということだった。

そこで、陽子は、安雄さんに手紙を出すことにした。多分、安雄さんにとって、面識のない弁護士から手紙をもらうことは迷惑なことに違いない。人の世話をすることは精神的負担のかかる仕事である。まして認知症と思われる人のお世話をするときは、ご本人との間で誤解が生じやすい。安雄さんに失礼のないような言葉を選びながら手紙を書いた。内容は、タエさんのお金がない、という訴えを客観的に記載したものだった。

それから三日後、安雄さんから激しい口調で、陽子に電話があった。

「あんたは弁護士か。後見制度を知らないのか。おれは裁判所から言われて叔母の面倒をみているんだ。何も知らないヤツが、何だ！」

「私は、桜井さんが後見人だと知ったので、不愉快になられるだろうと思いながらもお知らせしました。タエさんが知人の方に近頃、お金がないと借りに来られるそうなのです。毎月、タエさんにどんなやり方で生活費を渡しておられますか」

「そんなことをあんたに教える必要はない」

「ご苦労しておられるのではないか、と推察しています。タエさんがお金の管理ができないから後見人となっておられるはずですから。生活費を渡す方法を工夫されたらいかがでしょうか。例えば、毎月一回であったら、一週間に一度にするとか」

「何を言うか、あんたに命令されることはない。今後一切、連絡するな！」

と言って、電話をガチャンと切られた。陽子は、少し不安になった。タエさんのために仕事ができる人なのだろうか、と。

それから更に数日して、ヘルパーの安達さんから、陽子に電話があった。昨日、安雄さんがタエさん宅に来たこと、安雄さんはヘルパーさんに見ておいてくれ、と言って、タエさんにこのお金で生活するんだよ、十分だろう、と言いながら五万円を渡したこと。また、安雄さんはタエさんに電気、電話代は全部、自分の方で払っているから叔母さんは払わなくていいんだよ、とも言っていたことを。しかし、安達さんは、タエさんの生活費は月五万円ではとても足りない、外食することが多く、自分の見立てでは月一五万円から二〇万円は使ってきたと思う、とつけ加えた。

陽子は正直驚いてしまった。一人暮らしの認知症の方が、一ケ月、食費と雑費だけで一五〜

二〇万円も使うなんて。しかし、安達さんの話では、タエさんは、杖をついて自分一人で歩けるので夕方頃から外出し、街中で外食することが多いということだった。

それから二週間ほど経った九月初旬に、斉藤さんから陽子に電話があった。

「タエさんがまたお金がないと言ってきました。私、お金がないと言っているタエさんにこのまま帰って、と言えない。私も困るし、タエさんも困っているから、何とかしてください」

そこで、陽子は、ついキック言ってしまった。

「タエさんの成年後見人は安雄さんで、私ではないの。困っているんだったら、あなたが安雄さんに連絡すれば。そして、タエさんに貸したお金も返してもらえばいいでしょ」

斉藤さんが、陽子に言われた通りすぐに安雄さんに電話したら、他人のことに構うな、と激しい言葉で応酬された、と電話があった。と同時に、イヤな人ですよ、あんな人がタエさんの甥だなんて信じられません、とつけ加えた。翌日、斉藤さんから追加の電話があった。結局、昨日、タエさんに夕食を食べさせ、自宅まで送って行ったが大丈夫でしょうか、とのことだった。陽子もなんとなくタエさんの身の安全に不安を覚えた。

翌日、ヘルパーの安達さんが勤務しているS介護事業所から、陽子に電話があった。ヘルパーさんがタエさんに買い物の注文をうけたが、お金がなくて買い物に行けない。どうしたら良いか、との質問だった。陽子は、「後見人の責任ですから、安雄さんに連絡してください」と言うと、あの人に連絡してもラチはあきません。どうしたらよいですか、と聞かれてしまった。

最後は裁判所に連絡し、相談するしかない。家庭裁判所は成年後見人を監督する責任があり、成年後見人がその仕事を適切にしているかどうか、不正はないかなどを点検し、適切な仕事をするように指導する。安雄さんがしているタエさんの金銭の管理の仕方などが本人の生活状況にあう適切なものかどうかも点検し、不適切であると判断したときには、改めさせ、あるいは、最終的には成年後見人を交代させることもできる。

S介護事業所は、念のために安雄さんに連絡したが、安雄さんはタエさんのことでこれ以上文句があるなら、居宅生活支援サービス契約を切る、と言ったとのことだった。S介護事業所は、その契約が切れることも承知で、家庭裁判所に電話し、相談したのだ。

その後、陽子弁護士は、自分が受けている事件の処理に追われ、タエさんのことを忘れていた。その年も一〇月下旬ころ、東京弁護士会の高齢者・障害者特別委員会の担当者から、裁判所から成年後見人交代をしなければならない件で問い合わせが来ているが、引き受けてくれないかという打診があった。陽子は、軽い気持ちで引き受けた。

数日後、陽子は東京家庭裁判所後見センターに出向いた。書記官は、記録をめくりながら、タエさんの成年後見業務に問題があると思われること、毎月二八万円程度のアパートの賃料収入の他にも収入があり、その内二五万円が毎月引き出されていること、安雄さんの説明ではタエさんに毎月二五万円を渡しているというが、果たしてそうなのか疑問があること、更に、安雄さんが後見申し立てをする直前に、タエさんの預金の中から五〇〇万円が引き出されているが、その使い道が不明である、とのことだった。

裁判所としては、安雄さんがしている後見の仕事の内容に疑問があるので、成年後見人を代えざるをえない、先生が就任してくれますね、更に、不明金についても調査をしてください、と言った。

陽子は驚いた。タエさんの件と分かっていたら引き受けなかった。タエさんの件は引き受けられない。自分はすでにタエさんの件を知っている関係者ではないか。あの安雄さんは自分のことをどのように思うだろうか。

陽子は、書記官にタエさんを知っていること、少しタエさんに関わったことがあったこと、安雄さんから何らかの誤解をうけるかも知れないのでお引き受けしたくない、と述べた。しかし書記官は、知っているのであれば、なおさら良いではないか、早期に業務を始めることができるからと、陽子を説得した。

陽子は、タエさんのおおらかな美しい顔を思い出した。そして陽子は、女性が一人で生きることが難しかった時代を、自立して生きてきたタエさんの優しい物言い、その身につけているニット、更には、タエさんが選んだ落ち着いた調度品を思い出した。陽子は、タエさんを人間として尊敬すべき先輩だと思っていた。尊敬すべき人が困っているのだ、お手伝いしなければ、という気持ちになった。

陽子は成年後見人に選任され、安雄さんは後見人ではなくなった。陽子は、安雄さんから後見業務に必要なタエさんの預金通帳などの引渡しを求めたが、拒否されてしまった。そこで、急いで、銀行などに成年後見人として必要な諸手続きをし、新通帳などを発行してもらい、受領した。

タエさんの自宅は、陽子の事務所近くにあったので、気軽にタエさんの自宅に行けた。午前一〇時頃に行くと、ヘルパーさんが来て、仕事中であるが、タエさんはベッドの中ということも珍しくなかった。タエさんは、午前一一時頃から起き出し、ヘルパーさんに誘導されながら洗顔をした後、朝食兼昼食を食べられることが多かった。その後、テレビを見たりして時間をすごされ、午後五時頃に外出されることがよくあった。タエさんは、夕食の配食を受けておられたが、口に合わないのかどうか分からないが、新宿駅近辺のデパートの食堂街に行き、夕食を食べられることが多かった。ついでに、デパートで、スカーフや手袋、あるいは、傘などを買われた。タエさんが買う商品類は、斬新なデザインのものが多かった。

陽子は、一週間毎にタエさんの財布の中身を点検し、現金を補充した。その時には、必ずタエさんに領収書を書いてもらった。しかし、タエさんは、なんて書いたらいいんですかね、と陽子に質問し、陽子が答えるままに数字を書いた。恐ろしいとも思う。もし、後見人に悪意があれば、幾らでも着服する機会はあるのだから。こうしてタエさんに毎月渡す現金は少なくとも一五万円にはなった。タエさんの毎月の家計費は、公共料金、税金、保険料、ヘルパーさんの会社に支払う費用、自宅マンションの管理費など合計すると、二五万円から三〇万円となった。

一方、タエさんの収入はアパートの賃料二八万円程と年金六万円、それにタエさんが貯金してきた年金型保険収入もあり、月額合計四〇万円を超えていた。更に、預金合計は三〇〇〇万円ほどもあった。

陽子は、これらの収入を使ってタエさんが毎日を豊かに送って頂くよう努力したい、と思った。

タエさんは、今言ったことを忘れられる。特に、お金のことでは、何回も同じ説明を繰り返さなければならなかった。例えば、お財布に現金五万円を入れますよ、と説明しながら五万円を入れる。タエさんは、はい、と一旦は答えられるが、すぐに、お金がない、と言われる。そこで、陽子は、お財布の中を見せて数えていただき、一万円札が五枚あると確認していただく。分かりました、と言われるが、また、お金がないと言われるという繰り返しだった。

ところが、タエさんの編み物に関する能力は、少しも損なわれていなかった。タエさんが身に着けておられるニットの色が実に美しいので、その理由を尋ねたことがあった。

「タエさん、この毛糸はとても鮮やかな色ですね」

すると、タエさんは、羽織っていたカーディガンを見ながら、一〇歳も若返ったような顔色をされ、明瞭な口調で話され出した。

「これはイタリアの糸よ。いい色でしょう。日本には、こんな鮮やかな色はできないのよ」

「どうしてですか」

「そうね、私にも理由は分からないけど。あなたは、ヨーロッパに行ったことがあるの。私は六ケ月間位、向こうのファッションをこの眼で見たくて、行ったことがあるの。こんな鮮やかな色のニットや洋服が中世のくすんだ建物の色とよく似合っていたわ」と言われた。

タエさんは、楽しかった時代を思い出されているのだ。陽子も話を続けるように言った。

「そうですね、私は一週間位でしたが、駆け足でイタリア、フランス、スペインを旅行したことがあるんです。日本の木造文化の中で生きてきたので、あの何世紀も前からある石造りの建物に圧倒されてしまいました。正直言って衝撃的でしたね」

「そうでしょ。存在感がある町並みよね。あの町並みの中で潰されないで生きていくってことよ。自分を主張するのよ。自分を主張しなければ生きていけないわ」

タエさんは、そう言った後、顔をあげて思い出すように話された。

「私は、ニットの大々的なショーをしたかったわ。ファッションショーみたいなものよ。私は、ニット教室のやり方に批判的だったのね。旧態依然としていて、ただ寒いときに着るだけの編み物を教えるものでしかなかったから。ファッションは、夢や喜び、そして、自分を表現するものでなきゃ。ニットだって同じよ。それにニットは自由自在。一本の糸で、どんな物だって創り出すことができる。セーター、ジャケット、帽子、手袋、マフラー、ソックス、それに、コートだって何だって創れるわ」

陽子は、タエさんの話を聞きしながら、目に飛び込んでくるような鮮やかな、しかも、身を包むような柔らかな感触のあるニットを、タエさんが編み出す理由を少し理解できたように感じた。

「ニットのファッションショーをされたのですか」

「できなかったわね。ファッションショーするだけの物を編みこめなかったし。お金がいることなの。私は事業家ではなかったのよ。友人が言うように、私は人を批判するだけのわがままな編み物屋さんでしかなかったのよね」

と、自嘲的に言われた。

「でも、お店の売れ行きがよかったわ。友人から、私が編むものは、ちょっと可笑しいと言われていたの。私はキッチリ編むの、嫌いなの。緩やかに身体の線に沿うように、それに、このセーターもそうだけど、穴がいっぱいあるでしょ。ニットの下に着ている物が分かるのよ、ね。行く場所によって、下に着るものを変えるの。胸が大きく開いた真っ赤な木綿のブラウスの上に真っ白なニットを羽織るの、どぉ？」

「挑戦的ですね、ドキッとします」

「そう、おしゃれは、人をドキッとさせるものよ。そんな人をドキッとさせるものだったから、銀座で好評だったのかも知れない。私もびっくりするような値段だったけど、有名な芸能人も買ってくれたわ」

タエさんは、そう言って大きく笑われた。私も大笑いをした。陽子は、タエさんが、ニットのおしゃれの先端を走ってこられたのだ、と思った。それから、タエさんは、時々思い出したように陽子にセンスが悪い、もっと人をドキッとさせる物を着なさいと、アドバイスされるようになった。

陽子は、それ以来、何回も繰り返してお金の説明をした後には、タエさんと陽子の落ち込んだ気持ちを転換するために、ニットの話をし、更に、その内、陽子は毛糸と編み棒も持ち込んで、タエさんから習うことにした。

先生となったその時のタエさんは、見違えるほど溌溂とし、不安な落ち着きのない認知症を患う人ではなかった。

陽子は、成年後見人となった後、安雄さんがした後見業務の点検をした。タエさんの預金から五〇〇万円が引き出されていた件と、毎月二五万円が引き出されていた件である。後者については、判然としない。タエさんに渡したとの説明は、ありえないことではない。しかし、五〇〇万円の引き出しについては、タエさんのために使った証拠を見つけることができなかった。

安雄さんに説明を求め、場合によっては返還を求めなければならない。

　陽子は、ある日、偶然にタエさんの部屋の隅に積み上げられていた書類の中から、不動産の売買契約書の写しを見つけた。タエさん所有のアパートが、陽子が管理しているものの他にもあったらしい。場所は中野区で土地と建物の面積はそれぞれ七〇平方メートル程度であった。売買金額は二八〇〇万円と書かれていた。その契約書の日付は、二〇〇三（平成一五）年二月一〇日ではないか。安雄さんが後見の申立てをしたのは、おなじ年の八月である。

　陽子は急いで、その中野区の宅地と建物の登記簿謄本を取りよせた。そこには、所有者として、確かに松田タエさんの名前が書かれていた。そして、タエさんからG会社へ所有権が移転された日は、平成一五年二月二〇日と書かれていた。

　一体、これはどういうことだろうか。陽子はタエさんに、登記簿謄本と売買契約書の写しを見せて、聞いた。

「タエさんは、中野にアパートを持っていたんですか」

「さぁ」

「よく見て。タエさんの名前が書いてありますよ」

「そうねえ。私は独り者だから、老後のことが不安で、アパート、買いましたねぇ」

「どこのアパートを買ったの」

「一軒だったかしら。えーと二軒だったかしら。場所はどこだったか、うーん、出てこないわ」

「二軒とも中野区ではありませんでしたか」

「そうね、中野だったかしら」

「幾らくらいでお買いになったの」

「さぁ。編み物教室の月謝だけでは生活するのが精一杯で。銀座のお店で随分高いお値段でニットが売れて。人に勧められて買ったように思うんですけどね」

「ねぇタエさん、そのアパートの内の一軒を売ったことがありますか」

「そんな事はしませんよ。私の大切な収入源ですから」

と屈託のない返事だった。そこで、陽子は改めて売買契約書をタエさんに見せて聞いた。

「これは、売買契約書で、ここに売主と書いてあるでしょ。ここに書いてある松田タエという字は、誰が書いたのかしら」

タエさんは、細くて曲がったその筆跡を、ジックリ見て、言った。

「私、こんな字を書かないように思いますけど、でも、なんだか、私の字みたいですね。なんで書いたんですか」

「私もタエさんが書いた字のように思えるのよ」

「これは、何のことですか」

と、タエさんは、不安そうな感じで陽子に聞いた。陽子は、これ以上タエさんに聞くのを止めた。タエさんは、アパート一棟を売った記憶はないのだ、不安にさせるのは止めよう。

陽子は、登記所に保存されていた売買契約に関する書類を取りよせた。幸いなことにタエさんの印鑑証明書、タエさんが書いた富山司法書士への委任状などがあった。陽子は、印鑑証明書が平成一五年一月下旬に発行されていること、司法書士の委任状へのタエさんの氏名の字が細くて曲がっていることを確認した。

しかし、陽子が管理しているタエさんの預金通帳には、売買代金の決済日にあたる平成一五年二月二〇日に、入金の記録がないことを確認した。


陽子は、調査を進めるべきかどうか、ふと迷いが出た。タエさんの預金通帳が他にあるように思えた。そこに売買代金が入金されたと、推測される。あの安雄さんの顔を思い出した。陽子は、検察官ではない。横領、背任などの可能性がある事実を調査することに、戸惑いがあった。しかし、タエさんの財産が失われていることに眼をつぶることは、本人の財産を保全するという成年後見人の義務に反することになる。

翌日、陽子は、裁判所に上申書を提出した。タエさん所有財産のアパート一棟について、二〇〇三（平成一五）年二月一〇日付の売買契約書が作成され、同月二〇日に所有権がG会社へ移転している。本人の記憶はない。当時、本人の能力は後見相当であって、判断能力がなかった可能性が高い。調査を継続すべきか、裁判所の意見を伺いたい。

一週間後に書記官から電話があった。結論は、調査続行であった。
陽子は、調査を続行した。
陽子は、買手であるＧ会社あてに弁護士会の照会請求に基づく文書を作成した。

私は、松田タエさんの成年後見人であって、本人の財産を調査中です。本人名義の中野区所在の宅地面積約七〇平方メートル、建物面積約七〇平方メートルの物件について、平成一五年二月二〇日に貴社に所有権の移転登記手続きがされていることが判明しました。ついては、左記事項について回答されるよう申し入れます。

1　貴社は、松田タエさんと本物件の売買交渉をいつから始めましたか。松田タエさん本人と交渉をされましたか。
もし、松田タエさん本人との交渉ではなかったのであれば、その交渉した者の氏名および住所を、教えていただきたい。
2　売買契約代金の総額はいくらだったかを、教えていただきたい。
3　売買契約代金の支払い方法および時期について、教えていただきたい。
4　代金支払い方法が、銀行送金であった場合には、その送金先を教えていただきたい。

以上

三週間ほどして、G会社の代理人弁護士から陽子に電話があった。回答したいと思うが、G会社としては紛争に巻き込まれるのを恐れている。また売買契約が無効にでもなったら困る、ということだった。

陽子は、かりに売買契約が無効になっても、すでに宅地上のアパートは取り壊され一戸建ての新築住宅が建築されて販売されているのだ。問題は、売買代金の支払い先であり、誰がそのお金を管理しているかなのだ、と答えた。

それから五日ほどして、G会社からの回答書が届いた。

回答内容は、売買交渉にあたったのは、桜井安雄氏と山本宏行司法書士である。桜井安雄氏は、タエ氏の甥とのご説明であったこと、売買代金は二八〇〇万円であって、手付金三五〇万円、残金二四五〇万円であったこと、手付金は現金で支払い、残金はタエ氏名義の銀行口座に送金したとのことだった。

陽子が不安に思っていたことが現実化してきた。G会社が回答した銀行口座は、安雄さんが家庭裁判所に報告した財産調査報告書に記載されていなかった。陽子はすぐに、売買代金の残額が送金されたという銀行あてに調査文書を出した。口座開設日からの取引内容も含めての報告を求めたのである。

その銀行からの回答では、口座が開設された日は平成一五年一月五日で、その日、一〇〇〇円が入金された、という。タエさんの本人確認は、ご本人自身が銀行に来られ、健康保険証を示され、さらに、ご本人がはじめての新規口座をつくる申請用紙にお名前を記載された、ということだった。二〇〇三（平成一五）年二月二〇日に二四五〇万円が入金された。その後、お金の引き出しが続き、二〇〇三年七月末には残高一〇円となっていた。

その銀行に、未だ口座自体が存在することが分かったのだ。陽子は、その銀行に行って成年後見人の就任手続きをし、通帳とキャッシュカードの紛失届をし、新しい通帳を受領した。口座の開設に使われた印鑑は、陽子が保管しているタエさんの印鑑と一致するものはなかった。

さらに、口座から預金が引き出された詳細な資料も受領した。出金はすべてキャッシュカードで行われていた。お金が引き出された支店名も分かった。新宿付近ではなく、池袋や赤羽駅周辺にある数箇所の支店から短期間にほぼ全額が引き出されていたのであった。

陽子は、さらに調査をした。タエさんから委任状をもらった富山司法書士に会うことにしたのである。

富山司法書士は、陽子を明らかに警戒している雰囲気だった。陽子は、G会社と同様の質問をしたが、特に、タエさんの委任状について、質問した。

富山司法書士は、買受人側であるG会社から依頼をうけており、決済日に初めてタエさんに会ったのであり、委任状は印鑑証明書と一緒に山本宏行さんが事前に事務所に届けてくれた、ということだった。タエさんと決済日当日に会話をしたことはない。必要なことは山本宏行さんと話した、と説明した。

陽子は、山本宏行さんに興味をもった。そこで、尋ねた。

「山本宏行さんとは、どんな方でしたか」

「そうですね、細身で、若い人でした。三〇代半ばから四〇歳くらいでしょうか」

陽子は、G会社から山本宏行さんが司法書士であると聞いていたので、確認の意味で聞いた。

「どんな職業の人でしたか」

「司法書士の名刺を出しましたが、ちょっと同じ業者かな、と思いましたね。雰囲気が違っているように感じました。もしかしたら、大阪弁だったからかも知れませんが」

陽子は、これは、本当に事件かも知れない。甥だけでなく、他人も関わっている、と思った。

陽子は、山本宏行さんの名刺の写しをもらって帰った。

陽子弁護士は、安雄さんに問い合わせの書面を書いた。

1　タエさんの銀行口座から二〇〇三（平成一五）年一月五日に五〇〇〇万円の出金がされています。この出金についてご存知のことがあれば、教えていただきたい。

2　二〇〇三（平成一五）年二月一〇日に、タエさん所有の中野区の宅地、建物それぞれ七〇平方メートルの不動産について売買契約が締結され、同月二〇日にG会社に移転登記手続きが行われています。

安雄さんは、この売却に関与されておられるのかどうか、また、関与されているのであれば、売買契約締結の経緯および売却代金の金額及びその使途について教えていただきたい。

というものであった。

しかし、安雄さんからは、何の連絡もなかった。

陽子は、二〇〇五（平成一七）年暮れに安雄さんを被告として、不法行為に基づく三三〇〇万円の支払いを求める民事の損害賠償請求事件を起こした。

東京地方裁判所での裁判は、翌年の二月から始まった。

安雄さんの答弁書には、五〇〇万円も中野のアパートもタエさんから贈与を受けたものだと書かれていた。贈与された経緯は、タエさんには子がおらず寂しく暮らしていたので、安雄さんはよくタエさん宅を訪問していた。タエさんは安雄さんが来るのをいつも喜んでいた。タエさんは、五〇歳を過ぎた頃から、自分の物はいずれ安雄さんにあげるからと言うようになった。そして、安雄さんが二〇〇三（平成一五）の正月にタエさん宅に新年の挨拶に行ったときに、タエさんが、自分の物は全部あげる、と言ったので、口でいうだけでなく、紙に書いてくれるように頼んだ。すると、タエさんは、その場で「自分の財産は全部、桜井安雄に相続させます」とスラスラ書いてくれた。タエさんが書いたという遺言書も裁判所に書証として提出した。その時に、安雄さんがタエさんにお礼の言葉を述べると、タエさんは、自分が死んでから全部もらっても仕方がないかしら、生きているうちに欲しいか、と尋ねられたので、そうしてもらえたら嬉しいと答えたら、タエさんは、五〇〇〇万円くらいなら今、あげてもいい、アパートの一つもあげていい、と言った。そういう経過でもらったものだ。

売買契約書に売主がタエさんと書いてあるのは、中間省略登記をしたからだ、という主張だった。中間省略登記とは、タエさんから安雄さんへ、それからG会社へと所有権の移転の登記をするところを、安雄さんへの所有権移転登記を省略したものとの意味である。

売買代金の送金先を安雄さん自身の口座ではなく、タエさん名義の銀行口座にした理由は、自分の名義にすると、贈与税など面倒な手続きをしなければならなくなるからだ、との主張だった。

陽子は、一般的に言えば、全くありえない話ではない、とも思った。しかし、問題は、二〇〇三(平成一五)年正月当時のタエさんの意思、判断能力がどうだったかによる。果たして、タエさんが、自分の大切な財産を他人にあげてしまうことの意味を正しく理解し、判断することができたのか、また、自分がもっている財産の内容を知って、その財産を、死んだら安雄さんへ相続させるという意味を理解して、遺言書を書いたのか、さらに、本当に自分の意思でスラスラと書いたのか、ということであった。

裁判所は、かなり精神状態が悪化していても贈与や遺言能力を認めるケースがある。陽子は、贈与書や遺言書を書いた人が、自分の財産内容や親族関係などほぼ把握した上で書いたものかどうか、疑問が残るケースを経験してきた。自分が生まれた年月さえ忘れ、一〇〇から七を引いたら幾つですか、という質問に七〇、と答えることしかできないような状況にある人の遺言書を有効とするような判決もある。

このような判決の背景には、高齢者の面倒を看ているかどうかで書面の有効性を判断しているのではないだろうか、と思われる場合がある。しかし、そのことが、親族間において高齢者の争奪戦を引き起こす一つの原因になっているのではないだろうか。親を引き取って囲い込み、遺言書などを書かせてしまったほうが「勝ち」となってしまう。

認知症の老親の自宅介護は、精神的にも深い疲労を積み重ねていくことが多い。相続財産を分割する話し合いの中で、介護という行為について適切な報酬を認めても良い、と思われる。しかし、介護事業所など職業としての介護労働と違い、身内のそれに対しての評価は低額である。老親を争奪して遺言書などを書かせたほうがはるかに有利になるという現実があるように思われる。

しかし、タエさんは、そのような親族間に起きる争奪戦とは無縁であった。タエさんは認知症でありながら、地域の包括支援センターのケア・マネージャーや介護事業所の派遣するヘルパーさんたちの支援を毎日受けて、一人で生活をしてきたのだ。

陽子は、民事裁判を提起する頃から、安雄さんの家族状況や財産状況を調査していた。タエさんは、安雄さんの妻や子どもについて知らなかった。知らないということは、記憶を失なったからか、まったく面識がなかったかのいずれかであろう。

陽子は、安雄さんの戸籍謄本や、不動産登記簿謄本をとった。

安雄さんは、二〇〇二（平成一四年）三月に道子さんと離婚していた。子ども二人は四〇歳代であり、すでに家族を持っていた。なぜ離婚したのか、不明である。安雄さんは、北区赤羽にマンションを所有していたが、そのマンションを離婚当時に売却し、自分自身は中野区のアパートの一室に住んだ。しかし、中野区に住所登録されたのは、その年の一一月下旬であった。その間、赤羽にあった住所は職権で抹消されていた。安雄さんの住所は、マンションを売却したあとから一一月下旬までの間、不明であった、ということである。住所を転々としたか、住民登録できない事情があったと推測された。また、当時、安雄さんがどんな仕事をしていたかも不明である。

安雄さんが、タエさんから贈与をしてもらったというアパートの売買契約日は、二〇〇三（平成一五）年二月一〇日である。安雄さんが妻の道子さんと離婚後、一年ほど後のことだった。

陽子が、あれこれ調査している間に、安雄さんの姉という井口芳江さんという女性から、突然電話を受けた。会って話がしたいという。

　陽子は一週間後に、芳江さんと事務所で会った。芳江さんは、タエさんの顔立ちに似ていた。真冬なのに着ている白いジャケットが印象的だった。強い個性が感じられた。

　芳江さんは、叔母がお世話になっていることのお礼を陽子に述べた後、安雄さんが叔母に酷いことをしているのではないか、と聞いた。陽子は、酷いこととはどういうことかを尋ねた。

「安雄が叔母の財産に手をつけているのではないか、と思うのですが」

「どうして、そのように思われるのですか」

「私、道子さんから聞いたのです。安雄が叔母さんに何か悪いことをしているように思う、と」

「どうして道子さんは、そのように思われるのかしら」

「ちょと話が長くなりますが、よろしいですか」

　と言って、話を続けた。

「安雄は、印刷会社を経営していたのですが、不景気でやっていけなくなって仕事を辞めたんです。ずいぶん借金があったらしいのです」

「破産手続きをしたのですか」

「さあ、私は詳しいことは分かりません。安雄は二〇〇〇（平成一二）年頃から、私の家にいくらかお金を都合してくれないか、と度々言ってきましたが、私の夫はもう会社を退職して年金暮らしですし、そんな余裕はありませんから、断りました。そして、安雄は、二〇〇二（平成一四）年に道子さんと離婚したんです。私は今でも、時々、道子さんと連絡をとりあっていますが、安雄は、ずいぶん借金があって、最後には高利貸しからも借りていたということです。安雄は、関西の方にしばらく逃げていたそうです。ところが、二〇〇三（平成一五）年の正月が過ぎた頃に、安雄が道子さんを訪ねてきて、三〇万円も置いていったというのです。その時に道子さんは、どうしてこんな大金を持っているのか聞いたら、叔母さんの世話をすることになった、これから金の心配は要らない、と言ったそうです。それで、どうして叔母さんの世話をしたらお金の心配をしなくて良いのか聞いたら、詮索しないでいい。その内、俺の借金もきれいになる、そうなったら、また一緒に住もう、と言ったそうで、道子さんは、怖いことをしているんじゃないか、私は不安だと、電話してきたのです」

陽子は、芳江さんの話を聞いて、安雄さんの住民登録が途切れている意味を理解した、安雄さんは、東京を離れ、関西に身を隠していたのだ。

そこで、関西で山本宏行さんに出会った可能性がある。安雄さんと山本宏行さんの間で、どのような相談がされたのだろうか。陽子は、道子さんに会って、詳しい話を聞きたいと思った。

そこで、言った。

「一度、道子さんにお目にかかって、詳しいお話を伺うことができますか」

「さぁ、別れたと言っても、自分の夫だった人のことですから」

と、芳江さんは、自信がない様子で言った。

そこで、陽子は、民事の裁判をしていること、安雄さんが叔母さんから五〇〇万円と中野区にあった不動産を贈与されたものだ、と主張していることを説明した。すると、芳江さんは、やはりそんな事をしていたんですか、と言うと、道子さんに協力させると約束して帰って行った。

それから二週間後に、芳江さんは道子さんを同行して陽子の事務所に来た。道子さんは、安雄さんが経営していた印刷会社が倒産したこと、倒産時に約五〇〇〇万円の借金があり、その一部は高利貸から借りたものだったこと、安雄さんは離婚後、高利貸から逃げるために大阪に行ったが、東京に帰ってきた二〇〇二（平成一四）年冬、大阪で自分を助けてくれる人を見つけた、と言っていたこと、そして、叔母さんの家に行くようになったこと、三〇万円を持ってきたときの会話などを話してくれた。

私は、道子さんの話を陳述書にまとめた。道子さんに住所、氏名を書いて欲しいと言ったときに、道子さんは、私に質問した。

「裁判に使われるのですか」

「この陳述書を使って、もし安雄さんが不利になった時に、安雄さんはどんなことになるのですか」

「もし、タエさんが裁判で勝ったら、安雄さんは損害賠償金三三〇〇万円を支払わなければなりません」

「そんなお金をあの人は持っていません」

「判決書の時効は一〇年ですから、その一〇年の間に、安雄さんが大きく事業に成功するようなことがあったら返済を求めます」

「もし、そうならなかった場合には、どうなりますか」

「残念ですが、押さえる財産がなければ、そのままということですね」

「もし、その間に叔母さんが亡くなられたらどうなりますか」

「相続のご質問ですか」

「はい、そうです。安雄さんは相続することができますか」

と、道子さんは真剣な眼をして、陽子に尋ねた。

「もし、相続が発生したら、安雄さんが、タエさんが書いたという遺言書によって、全財産の相続を主張されるかどうか、という問題もありますね」

と、陽子が答えると、芳江さんが即座に言った。

「先生、叔母は認知症で後見人がつかなければならないのです。そんな叔母が書いた遺言書は有効ではありませんよね。先生がしている民事の裁判も、叔母が書いたという売買契約書が、効力がないということじゃありませんか」

「そうです。私は、タエさんは売買契約書の内容を理解できる精神状態ではなく、無効であることを主張しています。しかし、判断する人は私ではなく裁判官です。裁判官が無効と判断できる証拠をできるだけ多く見つけ、裁判所に提出するために努力しているのです」

道子さんが、さらに尋ねた。

「何かで知ったように思うのですが、親の財産を勝手に使ったりしたら、相続できなくなるって、本当ですか」

「民法第八九一条の相続人の欠格事由、相続人になれない場合のことですね。詐欺または強迫によって、被相続人、すなわちタエさんに相続に関する遺言をさせた者に、安雄さんの行為が該当するか、ということですね」

と、陽子が説明を始めると、芳江さんが言った。

「道子さん、心配することないわよ。叔母さんの相続人は私と安雄だけなのよ。叔母さんが亡くなったら、二人でよく話し合えばいいことよ」

道子さんは、心なしかさびしそうに頷いた。そして、署名した。

陽子は、陳述書を裁判所に提出した。そして、安雄さんを尋問した。その法廷には、芳江さん、道子さんも傍聴していた。

安雄さんは、くたびれた背広に身長一七〇センチほどの痩せた身体を隠しているように見受けられた。

「安雄さんが経営していた印刷会社の経営が困難になったのは、いつ頃からですか」

「バブルが終わってからキツイ状態が続いていました。一九九九（平成一一）年頃からいっそう厳しくなりました」

「いろいろ経営努力をされたのでしょうね」

「はい、販路を開拓しようとしましたが、どこの印刷会社も厳しく、ダンピング合戦のようで、結果的には赤字の仕事が増えました。それで、ドンドン厳しくなっていきました」

「高利貸から借り入れたのは、いつ頃からでしたか」

「二〇〇一（平成一三年）の一二月の暮れからでした。高利貸からの借金はあっと言う間に軽く一〇〇〇万円くらいになりました。取立てがキックて昼夜かまわず続き、どうにもならなくなり、何も考えられなくなりました。マンションにも高利貸の仮担保というのがいくつも付けられ、銀行から言われてマンションを売って、女房とも離婚して大阪に行きました」

「そこで、安雄さんは、山本宏行さんに会ったのですね。初めて会ったのは、いつですか」

「はっきり覚えていません」

「安雄さんが大阪に行ってすぐの頃ですか、それとも大分経ってからですか」

「大分経ってからだと思います」

「二〇〇二（平成一四）年一一月頃のことですか」

「そんな頃でしたか」

「安雄さんの住民票では、一一月二九日に中野に住民登録をされていますね」

「はい」

「そうすると、山本さんに会って間もなく、東京に帰って来られたのですね」

「山本さんと私の上京とは関係ないです」

と、安雄さんはイライラした雰囲気で答えた。陽子は、構わず続けた。

「山本さんは、どんな仕事をされていましたか」

「司法書士さんです」

「司法書士事務所を構えておられましたか」

「事務所に行ったことはありましたが、山本さんが経営する事務所かどうか分かりません」

「山本さんにどんな相談をしましたか」

「別に、特別な相談をしていません」

「安雄さんは、上京費用やアパートを借りる費用をどのようにしましたか」

「大阪でいろいろ仕事をして貯めましたから」

「どんな仕事をしましたか」

「正職員なんてありませんから、いろいろしました」

「いろいろな仕事を具体的にお答えください」

「いろいろ以外に言いようがありませんよ」

と、安雄さんはつっかかるような言い方で答えた。

「人に言えないお仕事をされたということですか」

安雄さんの代理人弁護士が立ち上がって言った。

「異議あり、重複尋問です」

「尋問の意図は、安雄さんの収入を把握したいので聞いているのです。安雄さんの行動の経済的裏づけを得るためです」

裁判官は、陽子に続けてくださいい、と言った。

「どんなお仕事をされていましたか」

「収入なら十分ある仕事でした」

裁判官は、陽子に言った、

「もうそれくらいでいいのではないですか」

陽子は、続けた
「安雄さんは上京してから、どんな仕事をしましたか」

安雄さんは、黙ってしまった。

「安雄さんは、仕事をされなかったのですね」

「そんな事はありません」

「じゃ、どんな仕事をされましたか」

「いろいろしました」

「具体的にお話ください」

また、安雄さんは黙ってしまった。

「安雄さんは、一一月に上京し、住まいを確保した後は、毎日のようにタエさんの自宅を訪問していましたね」

「毎日なんて、行っていません」

「ここに、タエさん宅に来ているヘルパーさんが毎日書いている日誌があります。証拠として提出していますから、安雄さんは、読んでいますね」

すると、安雄さんは、陽子を睨みつけるようにして言った。

「そこに書いてあることはデタラメです。私は、毎日のように行っていません」

「それでは、確認します」

と、陽子は言って、二〇〇二年一二月一日以降から二月末日までの間にヘルパーさんたちが書いたノートをいくつかを読み上げた。そこには、毎日のようにタエさん宅に安雄さんが来ていることが記載されていた。二月二〇日以降の安雄さんの来訪の数は減っていた。陽子は、安雄さんが、大阪から上京後すぐにタエさん宅に行くようになり、中野のアパートの売買代金全額が入金された二月二〇日以降は、それまでと違って四、五日に一回程度の割合に減っていることを強調した。そして、続けた。

「安雄さんは、タエさんが中野の不動産を持っていることをどうして知りましたか」

「叔母から聞きました」

「そうではないのではありませんか。安雄さんは、タエさん宅に来て、いろいろ郵便物を調べましたね」

「いいえ、そんな事はしていません」

「それでは、安雄さんが後見の申し立てをした時に、青山雅子弁護士にタエさん所有の不動産や、銀行預金などの資料を渡していますが、それらの資料をどうやって入手したのですか」

また、安雄さんは沈黙した。

「安雄さんは、タエさんの自宅に行き、自宅内にある書類や郵便物を点検し、マンション以外の不動産、アパート二棟を持っていることを知って、登記簿謄本を入手しましたよね」

「私はそんな事をしていません」

「それでは、誰が謄本を取りましたか。司法書士の山本さんですか」

「知りません」

陽子は、一語一語強く発音しながら聞いた。

「知らない。本当に知らないのですか。安雄さんは、山本さんとアパート二棟のうち、どちらを売ろうか相談しましたよね」

「相談していません」

「売買契約の日や代金の決済の日に、どうして山本さんがその場に同席したのですか」

「私が、そんな不動産の取引に疎いので、よく知っている山本さんが同席してくれただけです」

「わざわざ大阪から出て来て同席してくれたのですか」

「そうです」

「安雄さんは、山本さんに幾ら支払ったのですか」

「お金を支払っていません」

「そう。では、山本さんに借りていたお金を返済したのですね」

安雄さんはまた沈黙してしまった。

陽子は、山本さんが組織関係者ではないか、という疑いを持っていた。

安雄さんは、何かの関係で山本さんに会い、いろいろ事業のこと、親族縁者のことを尋ねられ、タエさんという独身の財産があるらしい高齢者のことを話したのではないか。場合によったら、安雄さんにとっては高利貸への返済資金となり、山本さんにとっては儲け口になるかも知れない。そうであれば、山本さんは、安雄さんに上京資金を貸し付けたはずである。二人は上京し、安雄さんはタエさん宅に通って資料を集め、山本さんはそれら資料に基づき不動産の登記簿謄本などを集め、タエさんの所有財産の大枠を把握した。そして、中野のアパート一棟の売却を決め、実行したのではなかろうか。

その後、なぜ、安雄さんが後見の申し立てをしたかは不明である。山本さんと一緒になって、さらにタエさんの財産を奪うことがまったく不可能ではなかったように思われるからである。しかし、場合によったら、銀行から不信がられたのかもしれない。近頃は、成年後見制度が金融機関に浸透しており、高齢者の預金の引き出しについては厳しい対応がされるようになっている。また、個人情報の保護という観点からも同様な対応がされているからである。

陽子は、安雄さんへの尋問を続けた。

「安雄さんは高利貸の追い立てから大阪に逃げましたね。東京に帰るのが怖かったのではありませんか」

「いいえ」

「どうして怖くなかったのですか。高利貸に安雄さんが東京にいることが分かれば、厳しい返済を迫られると思わなかったのですか」

「それほど、怖くはありませんでした」

「追い立ての不安はなかったということですね。山本さんが高利貸対策をしてくれるという安心感があったからですか」

と、陽子が尋ねると、安雄さんは強い語調で言った。

「そんなことはありません」

「安雄さんは、現在、高利貸からの借財は残っていますか」

「ありません」

「返済資金はどうしましたか」

「叔母からもらった五〇〇万円とアパートを売ったお金で返済しました」

「安雄さんは自分で高利貸業者と会い、返済額を交渉したのですか」

「はい」

「山本さんが仕切ってくれたから業者との交渉が円滑に行ったのではありませんか」

安雄さんは、黙ってしまった。陽子は続けた。

「安雄さんは、タエさんの後見人となって財産の管理をしていましたね。安雄さんは、タエさんの財産をどのように活用していきたい、と思っていましたか」

「もちろん、叔母のために使いたいと思っていました」

「毎月二五万円を預金から支出していましたね。安雄さんの生活費にも当ててませんでしたか」

「少し、出してもらっていました。叔母が使ってよいと言ってくれたからです」

「安雄さんは、叔母さんの預金を自分のためにも使ってよいと思っていたわけですね」

「叔母が承知していることです」

「タエさんは、安雄さんが預金を引き出す度に、使ってよい、と言ったというのですか」

「叔母は遺言書を書いて、全部、私にくれるといったのです」

「と言うと、安雄さんは、タエさんが亡くなる前から、その財産を一つずつ処分していく予定だったのですか」

　安雄さんは何も答えなかった。

　親族の方が成年後見人となっている場合に、いずれ自分の財産になるのだからと、未だ生きているのに、自分のために使ってしまうケースがある。他人の財産の管理をしているという責任感が薄いのだ。

　陽子は続けて聞いていった。

「この二〇〇三（平成一五）年二月一〇日付の売買契約書を見てください。この契約書は、中野区にあるタエさんが所有しているアパートを二八〇〇万円で売るというものですね」

「はい」

「この売主として、タエさんの住所、名前が書いてありますね」

「はい」

「これは、誰が書いたのですか」

「もちろん、叔母さんです」

「あなたは、タエさんに、どんな説明をしましたか」

「叔母さんが、自分の財産は全部あげる、と言いました。そして、遺言書を書いてくれて。そして、このアパートをお前にやる、と言ったので、じゃ、僕は売るからといって、叔母さんも承知してくれました」

「タエさんは、この契約書の意味を理解しましたか」

「もちろん、理解しました」

「あなたは、タエさんの成年後見人に二〇〇三（平成一五）年一一月になりましたね。成年後見人の手続きをいつから始めましたか」

「さぁ。ハッキリ覚えていません」

「あなたが青山弁護士に成年後見人の選任の手続きを頼んだのは、その年の六月ころで、青山弁護士が申し立てをしたのは、八月でしたね」

「さぁ」

「青山弁護士にお願いしてから、医師の診断書も必要といわれて、あなたは、タエさんを病院に連れていき、認知症の診断をしてもらいましたね」

「その診断結果は、どうだったのですか」

安雄さんは、また黙ってしまった。

「その診断結果は、常に他人の援助が必要であって、成年後見人をつけるのが相応しいというものでしたね」

「まぁ、そうです。しかし、それは六月か七月の話で、その年の正月頃の話ではありません」

「では、正月頃は援助が必要ではなかった、というのですか」

「はい、そうです」

「すると、タエさんは、急激に認知症になられたのですか」

「そうです」

「正月頃、それ以前から、タエさんは、食事の支度、掃除、洗濯など日常生活に必要なことを自分ではおできにならず、ヘルパーさんが援助していましたね」

「でも、頭はしっかりしていました」

「この契約書の字をご覧ください。この細い字で、全体として字が斜めに書かれていますね。その上、上の字は大きく、下に行くに従って小さくなっていますね」

「はい」

「ここに、タエさんが、一九九八（平成一〇）年の暮れに書かれた年賀状があるのですが、この年賀状の字と、この契約書の字をご覧になってください。どう思いますか」

「さぁ。若かったはずだから、違うのは当たり前ではないですか」

「年賀状を書いた当時は、タエさんは元気に一人暮らしをされていたのです。あなたが、タエさんにこの契約書を見せて、ここに住所を書いて、ここに名前を書いてと言って、内容を理解できないタエさんに、書かせたものではありませんか」

「違います！」

「私の尋問を終わります」

次に、タエさんが法廷で事情を聞かれた。タエさんは、陽子にも裁判官にも、売買契約書を見せられて「何が書いてあるんですか、分かりません。自分の字のようには思えるけど」などと答えた。タエさんが、契約書を全く理解できないことはあまりに明らかだった。

東京地裁の判決は、タエさんの勝訴に終わった。しかし、だからと言って、タエさんの毎日が変わることはなかった。

その裁判が確定して一年程が経った梅雨時のことだった。陽子は、このままタエさんが一人で生活していくのが不安だった。ケア・マネージャーの浅沼さんと相談して、有料老人ホームをお勧めすることにした。そして、そのホームの見学に出かけた。そのホームは、杉並区の住宅街の中にある、三五室程度三階建ての建物だった。玄関を入ると、小さなホールがあり、そのホールには、菖蒲が活けてあった。玄関、廊下、壁など全体的にやや黄味がかった白色を基調としており、床、手すりなどは茶色で統一されていた。各階には小さな談話室があり、そこに車椅子に座ってテレビを見ている方や、椅子の上で居眠りされている方もいた。

談話室で、タエさんと一緒に、お茶をご馳走になった。タエさんは、おいしそうに飲まれた。タエさんは、お茶を飲んだ後で、言われた。

「ここは、イヤ。病院なの。私は入院するんじゃありませんよね。私は、どこも悪くありませんよ」

陽子と浅沼さんは、タエさんが気に入るような施設を探しましょう、と言って、別れた。

その数日後の雨が降る日だった。タエさんは救急車で自宅近くの病院に運ばれた。タエさんは曇り空の中を夕方、いつものように新宿の街へ一人で出かけて行かれた。デパートの食堂で夕食を済ませて帰ろうとなさった時に、激しい夕立にあわれた。少し待てば、夕立は上がっただろう。しかし、認知症のタエさんに、そのような判断はできなかった。夕立の中をフラフラと歩き出されたという。そして、土砂降りの雨の中に倒れこんでしまわれた。通行人がタエさんを助け起こし、首からぶら下げている名札をみて、陽子の事務所に電話をしてきた。

陽子が現場に駆けつけた時、雨は上がっていた。陽子は、タエさんをタクシーに乗せ、自宅にお連れした。ヘルパーの安達さんにも緊急に来てもらった。安達さんと一緒に身体をふいた。タエさんは、温かいスープを飲まれた。やっと落ちつかれたか、と思った。しかし、安達さんが、熱があるようだ、と言い出した。陽子は、タエさんをこのまま一人で置いておけない、と思った。知り合いの医師に電話で相談すると、肺炎の危険性があるという。とりあえず、自分の病院に救急車で連れて来なさい、というアドバイスに従った。陽子は、タエさんを病院に入院していただき、自宅に帰った。

タエさんは、医師が心配したとおり急性肺炎になられた。しかし、タエさんは、がんばられた。タエさんは、数日後に親族である井口芳子さん、桜井安雄さんらに看取られながらあの世に旅立たれた。

二〇〇九（平成二一）年六月であった。

タエさんの旅立ちのお顔は、穏やかで美しかった。

陽子は、タエさんが亡くなられたので、後見終了手続きをした。家庭裁判所にご本人の死亡報告と財産報告をし、相続人にも財産の報告文書を郵送した。相続人である井口芳江さんと桜井安雄さんには、後見業務終了にともない、管理中の財産を引き継ぎたいので、お二人の連名で引継ぎ先をお知らせください、と記載した文書もあわせて郵送した。

しかし、三ケ月過ぎても、二人から陽子に何の連絡もなかった。陽子は芳江さんに電話をして、どうなっているのかを問い合わせた。すると、芳江さんは、安雄さんから遺産分割調停の裁判が起こされたので、双方とも弁護士を頼むことになった。その内、自分が依頼した弁護士さんに、陽子先生に連絡してくれるように頼んでおきます、と言われた。

二人が依頼した二名の弁護士の連名で、陽子宛に連絡が来たのはタエさんが亡くなってから二年を経過した二〇一一（平成二三）年七月の頃だった。

成立した遺産分割の調停事件の内容は、タエさんが居住していたマンションは芳江さんが相続し、残っていたアパート一棟を売却して、その代金と残った預貯金を折半にしたということだった。また、安雄さんは、陽子が提訴した判決によって支払わなければならない三三〇〇万円の半額を芳江さんに支払うことにした、というものであった。

陽子は、芳江さんと安雄さんが委任した弁護士と東京弁護士会で会って、保管していた財産関係の資料全部を引き渡して終わった。

タエさんは一人で働いて財産をつくられた。自分の老後のためだった。タエさんが独身だったのには、理由がある。陽子は、タエさんに編み物を習いながら、失礼な質問をしたことがあった。

「タエさんは美しい女性ですよね。いろんな男性からプロポーズされたんじゃありませんか。どうして承諾しなかったんですか」

その時、タエさんは、虚空を見つめながら静かに話してくださった。

「私は、あの時、神宮球場に居たの。雨が降っていたわ。あの時、私は、女学生だった。大学生の学徒出陣式だったのよ。私は泣いたわ。涙が止まらなかった。あの雨の中に響いたザクッ、ザクッ、という音は、まだ耳に残っている」

陽子は、申し訳ないことを聞いてしまった、と思って、下を向いて編み棒を動かした。タエさんは、しばらくしてつぶやくように言われた。

「あの音、ザクッ、ザクッ、という音は、若い男性を墓場に連れていった音。私たち女から、男たちを奪った音、なの」

それは、一九四三（昭和一八）年一〇月二一日に神宮外苑競技場で行われた出陣学徒壮行会のことである。

一九四一（昭和一六）年一二月八日に大日本帝国軍の真珠湾攻撃、マレー半島上陸によって太平洋戦争が始まった。帝国軍の勢いは、翌年半年くらいまでで、六月のミッドウェー海戦ではいくつもの空母を失い、八月にはアメリカ軍はガダルカナル島に上陸した。そして、一九四三（昭和一八）年一月には、ニューギニアのブナで帝国軍が全滅した。二月一日からは、ガダルカナル島で、七〇万人以上の兵士の撤退が始まった、それまでの間に、その島で二万五〇〇〇人ほどの戦死者や餓死者を出したのだ。その年の五月二九日には、アッツ島の帝国の守備隊が全滅した。そして、八月には、学徒戦時動員体制確立要綱が決定され、学徒出陣式につながる。

タエさんは、明るい、聡明な、そして、知性ある美しい方だった。その心の中に深く秘めていた哀しい歴史があったことを、陽子は知った。

陽子は、安雄さんにしても、芳江さんにしても、タエさんが築いた人生と財産の重みを知っているのだろうかと、タエさんを偲び、やるせない思いを抱いた。

成年を対象とした後見人制度が発足したのは二〇〇〇（平成一二）年からである。その発足の趣旨は、憲法一三条が定める、一人ひとりの命がなによりも尊いこと、一人ひとりは幸福を追求する権利があることを保障することを目的にしたものである。現実的には、介護保険法の成立とあいまって、個人に介護保険契約を締結させるためでもあった。

現在、後見制度は定着しつつあるが、実際、相続人の中には、後見人となると、いずれ自分の財産という意識から、自分の財産である、という意識へ変化する場合もあるように思える。また、ほかに相続人がいる場合には、相続財産の争奪の前哨戦が繰り広げられる場合もまれではない。

私たちの歴史は、確実に人権保障が前進しているのだと思う。高齢者の財産をかってに売却などすることは、二〇〇五（平成一七）年に成立した高齢者虐待防止法にも触れるのだから。その法律は、言う。高齢者を虐待するとは、高齢者に対する身体的な暴力だけではなく、高齢者の財産を不当に処分すること、または、不当に財産上の利益を得ることをも含む、と。

4 竹　子
――ある精神科病院の准看護師の軌跡――

渡部照子

子ども時代

江藤竹子は、一五〇センチほどの小柄な身長だった。この小さな身体のどこからエネルギーがあふれ出すのだろうか、と不思議に思えるほどの活発な行動力があった。竹子は、精神科病院で働く准看護師として、入院患者さんの待遇の改善と、自分たち働く者の労働条件の向上をめざして、労働組合の中心メンバーとして生きぬいてきた。しかし、竹子は、はじめから闘志あふれる女性だったわけではない。

（准看護師との職種名は、かっては「准看護婦」であった。本文では、便宜的に「Y精神科病院時代――労働組合の活動」以降、「准看護師」を使用する。）

竹子は、一九三八（昭和一三）年一二月に福岡県で生まれた。二〇一二（平成二四）年一二月には七四歳となる。竹子は、この頃、人生を生きる心の芯を作ってくれたのは、母の教育であり、育った環境ではないか、とつくづく思うのである。

竹子が誕生した前年の七月には、いわゆる蘆溝橋事件がおき、日中戦争がはじまり、竹子が誕生したその月には、山川均氏や加藤勘十氏らが検挙され、思想統制が強まっていった時期だった。

母の春子は、子ども心にも美しい女性であり、苦労をした人だった。母は、一九〇七（明治四〇）年に四国で生まれ、その土地のキリスト教系の高等女学校を卒業して、しばらく家事見習いをした後に、竹子の父親と結婚した。母はキリスト教の教育を受けたこともあってか、人を思いやる豊かな心をもち、正義感や義侠心のある人だった、と思う。

竹子の父親は、妻が結核で、小さな子ども四人を残し亡くなったので、困っていたのである。仲人を介して、母と一九三二（昭和七）年に再婚した。母は、その時二五歳であり、当時としては晩婚だった。それまで幾つか結婚話があったが、なんとなく気が進まなかった。母は、竹子に笑いながら話していたが、まだ一歳の女児を残して妻が亡くなった方、とだけ聞いて、その赤ちゃんを可愛そうに思い、その子に愛情を注いで生きようと決意して結婚したら、なんと子どもが四人もいた。それに前妻が結核で亡くなったことも知らなかった。

当時、結核は死の病として恐れられていた。結核患者の家には、伝染するから近づかないように、と言われており、患者がいる家族は肩身が狭い思いをして暮らしていた。そして、家族自身も、自分たちに伝染しないように患者を離れなどに住まわせ、隔離してその死を待った時代だった。

しかし、春子は、子どもたちの固い寂しそうな表情を見て、この子たちを置いて実家に帰ることはできない、と思った。当初の決意がいっそう強まったのである。

春子は、自分の意思で父と一緒になったという気持ちがあったから、夫を嘘つきなどと言って、憎むことはなかった。竹子は、両親が夫婦喧嘩をしていた記憶がない。

春子が結婚後二年以内に、一九二四（大正一三）年、一九二六（昭和元）年、一九二八（昭和三）年に生まれた男の子たち三人が、次々に結核で死んでいった。そんな中で、春子は、一九三三（昭和八）年に、長男・巌を生んだ。乳児に母乳を与え、オシメを頻繁に替えて、夜の睡眠を満足にとれない状況の中で、結核にかかっている幼い子どもたちの看病を続けたのだ。

竹子は、病院勤務をしながら結婚し、子どもを生んではじめて、母のしたことが身体的にはもちろん、精神的にもどんなに大変なことだったかを知った。赤子を育てるときは、十分な睡眠をとれなくて身体がフラフラしているような状態ではないか。その上に、結核に苦しむ子どもたちの看病もしたのだ。どんなに大変だったろうか。そんな状態で看病している母には、普通の人以上に、結核にかかる危険もあったはずだ。また、赤子の巌にも、その危険があったはずではないか。

しかし、春子はあの時に三人の子を死なせてしまい、申し訳のないことをした、自分の責任だ、と悔やんでいた。多分、幼子たちは、生みの母親から結核菌をもらっていたのだろう。竹子は、母の責任などではない、と思う。母が結婚した当時、一歳の赤子であった姉・幸恵は、元気に育ち、今も健在ではないか。母は、幸恵を病魔から守ったのだ、と思う。そして、竹子は、母は自分の人生に真正面から立ち向かった強い精神力をもった人であり、心から尊敬できるすばらしい女性だと、誇りに思うのであった。

母は、一九三五（昭和一〇）年には、次男・健、そして三年後に竹子を生んだ。

竹子が記憶している故郷は、農村である。父は八幡製鉄所に勤めていたが、住まいは、田んぼや畑が広がった中にあった。一九四五（昭和二〇）年二月には太平洋戦争がいっそう激しくなり、アメリカ軍の空爆を避けるために福岡県内の田舎にあった父の実家に家族全員で疎開した。

そこは、広い宅地の上に大きな屋敷があり、また、広い農地がある旧家だった。竹子は、屋敷の大きさに本当に驚いた。大黒柱が何本もあった。柱と柱の間には、黒光りした広い廊下が続いていた。廊下の奥には、一〇畳、一二畳の部屋が幾つもあった。部屋の壁は白かった。いつもシーンとして静かだった。電気がついていない部屋の奥から、何か化け物がでてくるような気配さえあった。

屋敷内には、父の両親のほか、数名の雇われ人がいた。竹子の声は大きいので、初めの頃は、どんな声を出していいのか、迷った程だった。しかし、そのうちに慣れた。そこに竹子が小学校三年生頃までの二、三年の間、住んでいたような記憶がある。

竹子の下には、一九四一（昭和一六）年に生まれた靖がいた。竹子は、靖と一緒に屋敷内の畑に植えてあるトマト、キュウリなどを取ってはそのまま食べた。また、竹子は、太陽の光を全身に浴びながら終日、靖や近所の子どもたちと一緒に、干上がった田んぼの中を走りまわったり、たっぷり水をはった田んぼの中のザリガニをとったり、蛇を追いまわしたり、あるいは、草むらの虫たちを採ったりして無心に遊んだ。戦争ごっこもして遊んだ。十分食べ、遊んだように思う。そんな遊びの指示を出すのは、いつも竹子だった。竹子は男勝りの女の子だったのだ。

竹子は、ふとあの強い太陽の光が私を育てたのだと、思うことがある。ただひたすら光と、たっぷりと日光を吸い込んだ緑の中で遊んだように思う。あのころは、考えもしなかったことだ。

元気だった父が、一九四六（昭和二一）年、竹子が小学校二年生の時、突然に他界した。まだ五六歳だった。後から知ったことだが、脳出血だった。父は子どもたちに厳しく、恐ろしい人だった。

父が亡くなってしばらくしてから、父の弟家族が同居をはじめた。母は、何かと叔父家族に遠慮していたが、その内に、それまで住んでいた大きな屋敷から出て、村のはずれのあばら家に兄弟たちと一緒に引っ越した。本当にあばら家だった。雨が漏ったし、風が家の中を通り抜けていった。風が強い日には家全体が揺れた。それまで住んでいたどっしりとした大きな広い屋敷とあまりに違っていた。家が風で揺れるときには、母がいても心細かった。

今にして思えば、まさに天国から地獄への転落と言えるだろう。

竹子は、成人になってから、母にどうして引っ越したのか、聞いたことがある。母は、父の弟から、この家は自分が継ぐことになっているから、出て行って欲しい、と言われたと言う。その後すぐに、父の両親も他界したというけれど、相続の話など何もなかった、ということだ。竹子は、おかしな事ではないか、と思った。しかし後日、弁護士にその話をしたら、昭和二二年五月二日以前であれば、旧民法の家督相続が適用された時代だったから適法に処理されたのではないか、と聞いた。

旧民法とは、明治民法である。明治民法の家族、婚姻、親子、相続などの内容は、戸主による家族支配を中心とするものだった。戸主が家族を支配したのだ。女性は、成人しても結婚しても、権利能力がない無能力者だったし、夫が死亡したときの相続人は、現在のように妻やその子どもではなく、戸主の地位を引き継いだ者であった。このような制度は、女性もふくむ国民が主権者であること、女性も男性も個人として尊重されること、結婚生活における男女平等などを基本とする現在の憲法に相反する内容である。そこで、現在の民法の親族や相続編が定められたのである。しかし、昭和二二年五月二日以前までは旧民法が適用された。

竹子は、弁護士の説明を聞いてそれなりに納得できたが、しかし、人間の情、親類縁者の情があれば、少しは母を援助してもらってもよかったではないか、と思うのである。母にとって、あのあばら家時代が人生で一番キツイ時だった、と思う。父の弟家族は、極貧にあえぐ生活をしていた竹子ら家族を一度も訪問したことがなかった。

母は昼間、軍手をつくる工場で働き、夜は、女学校時代におぼえた和裁の技術を活かして、和服やお寺の法被などを縫っていた。本当に、その日その日を食いつなぐような生活だった。あばら家の周りや田んぼのあぜ道から、食べられるようなセリやツクシなどの野草を採って汁物の具にもした。今の時代から見ると可笑しく思われるかもしれないが、戦後の混乱期でもあったから、他にも貧しい生活をしている人たちも多く、竹子は、それ自体、嫌なことではなかった。でも、お米一升を買うために、お金をしっかり握りしめて学校の友達の米屋に行くときは、正直イヤだった。お米をまとめて買うお金がなかったからなのだ。友達に笑われているように思えた。

でも、なにくそ、とも思った。そして、絶対、勉強では負けないように頑張った。どんなに貧しくとも、心を貧しくしてはいけない、頑張っていたら、そのうちにお金は廻ってくる。しかし、心を貧しくしたら、いつまでも貧乏から抜け出せないからね、と母によく言われた。

竹子は中学校を一九五四（昭和二九）年に卒業した。竹子は、高校に進学したかったけれど、経済状況が許さなかった。母は、兄たちには進学させたのに、竹子には、学費を出せないからと言って、寄宿舎付きで、准看護婦の勉強もさせてくれるという福岡のS病院で働くことを勧めた。この時、母は、竹子に、幼い子どもらを結核で死なせてしまった時の苦しかった思い出を話し、看護の仕事をしていれば、きっと、人生を生きていくのに役立つから、と言った。

竹子は母の希望を素直に受け入れ、S病院の試験を受けることにした。長兄と次兄は、既に独立していたが、弟の靖は中学生で、母は、靖も兄たちと同様に高校に行かせるつもりだった。高校に行かせるにはお金がかかる。竹子は、自分だって高校に行きたい、と思ったが、母を苦しめたくはなかった。母のために、どん底の経済状態にある家計を助けなければならない、と思ったのである。

S病院時代

S病院の受験者は八〇名ほどいた。合格できるのは一〇名であった。受験生は、すべて中学卒業をまじかに控えた女生徒だった。寄宿舎があって寝泊りできる場所がある、勉強をして資格をとれる、仕事をして給料も貰えるというのだから、当時、困難な経済状況の中にある女生徒たちにとっては、ありがたい就職先に思えた。

竹子は母のために、どんなことがあっても合格しなければならない、と決意していた。試験内容は、国語、数学などで、勉強が好きだった竹子にとっては、難しい問題ではなかった。しかし、面接試験ではコチコチに緊張して、よく声がでないほどだった。後で、面接者が三人いた。男性二人、女性一人だった。後で、面接者は、外科医の小林先生と事務長の林さん、女性は婦長の杉浦さんと分かった。

その外科医から、「この試験を落ちたらどうするつもりですか」という質問を受けた。竹子はびっくりした。心臓が早鐘のように鼓動をはじめた。落ちるなんてことを考えることは許されなかった。高鳴る心臓の鼓動に負けないような大声が咄嗟に出て、叫ぶように答えた。

「そんなことしないで下さい。落とさないで下さい。母が悲しみます」

その回答を聞いて、三人は笑った、室内の緊張していた雰囲気が一気に緩んだ。

その答えで合格したのかどうか分からなかったが、ともかく合格した。母は、とても喜んでくれた。竹子は、母が喜んでくれたのが嬉しかった。

後日、小林先生は竹子に、「あんな事を言って、とても迫力があったよ、この子は是非、採用してください」と言ったんだよ、と教えてくれた。

小林先生は、入院患者さんたちから慕われていた。現在は、医師に説明責任を求める時代だが、あの当時、患者さんは、医師の先生にすべてお任せするという雰囲気の時代だった。患者さんは、先生の質問に答える、余計なことを言わない、先生に何か尋ねるときには、恐る恐る、敬語を使いながら話をする。そんな時代に、小林先生は、患者さんに自分から時には冗談を言って、患者さんの緊張した気持をといて、いろいろ質問しながら丁寧な診察をしていた。

竹子は、一九五四（昭和二九）年四月一日から、S病院に看護助手として働きはじめた。

当時、S病院は木造建物二階建てで、外来病棟、入院病棟があった。入院できるベッド数は二〇〇もあった。寄宿舎は外来病棟の二階にあった。入院病棟の一棟の一階には、手術室、レントゲン室などと病室があり、二階は全部病室だった。その他一棟の入院病棟は一、二階全部が病室だった。

驚いたことに、寄宿舎は単に竹子たちのような看護助手だけでなく、S病院で働いている看護婦や准看護婦たちの寄宿舎でもあった。それも婦長を含む看護婦たち全員の住まいであった。

竹子たち新人一〇名の看護助手としての一日は、次のようなものだった。

午前四時三〇分起床、すぐに自分たち一〇人の二〇畳の部屋掃除はもちろん、外来病棟の掃除、更に、手術室の消毒、器具類の消毒を午前六時直前までに行う。午前六時に整列して点呼、ナイチンゲール誓詩を朗読。午前七時に朝食、朝食後午前一一時三〇分までの間、患者さんの搬送、排泄など看護助手としてのさまざまな仕事をした。

午前一一時三〇分過ぎに昼食をとって、午後一時から五時までの間、福岡市医師会の養成所で看護内容についての講義を受け、午後六時頃に夕食をとり、午後九時まで自習。午後九時就寝。

竹子が驚いたことは、初日からこのような病院内の雑務や病院にとって重要な消毒作業の仕事をし、また、白衣を着て、白い帽子を頭に被ったことだった。外目には、入りたての看護助手とは到底見えなかったはずだ。

ナイチンゲール誓詩も初めて知って、感動した。

「われはここに集いたる人々の前に厳かに神に誓わん。

わが生涯を清く過ごし、わが任務を忠実に尽くさんことを。

われはすべて毒あるもの、害あるもとを断ち、悪しき薬を用いることなく、また知りつつこれをすすめざるべし。

わが任務にあたりて、取り扱える人々の私事のすべて、わが知り得たる一家の内事のすべて、われは人に洩らさざるべし。

われは心より医師をたすけ、わが手にたくされたる人々の幸にために身を捧げん」

看護婦長は竹子たちに、毎朝、ナイチンゲールの精神の下、患者さんに尽くす崇高な使命があることを強調した。

午後九時就寝といっても、睡眠時間が完全に保障されていたわけではない。S病院は、救急受入病院であり、救急患者が深夜に運ばれてきた。そんな時は、外来病棟二階にいる看護婦や准看護婦はもちろんだが、看護助手にもすぐに召集がかけられ、補助作業を命じられた。たとえば、医師が来る前に、患者さんの衣服を脱がせておくこと、身体を拭いておくこと、措置が終わった後の室内の掃除などであった。

こんな深夜労働をした翌日も、午前四時三〇分起床から始まる流れには、なんの変更もなかった。午後の勉強時間はウトウトしてしまった。

また、日曜日や祭日は建前上、休日だったが、これも何の保障もなかった。各階の掃除は、休日といっても休むわけにはいかなかった。患者さんが危篤状態となり、あるいは、救急患者さんが運び込まれてくれば、やはり様々な補助作業を命じられた。

竹子は、これらの補助作業に素人のような自分たちが従事することに正直疑問を感じたが、補助作業を行うこと自体は、ナイチンゲールの精神からして肯定できたのである。

ところが、一九五五（昭和三〇）年に就職した竹子の後輩たち一〇名は、就職後三ケ月目に、寄宿舎生活の全般にわたって改善要求を出し、なんとストライキをしたのだ。

ある日、後輩たちは、午前四時三〇分に起床して来なかった。部屋に立てこもったのだ。竹子は、杉浦婦長に命じられ、ストライキの先頭になっていた一歳年下の藤岡さんに声をかけた。藤岡さんは、部屋のドア越しに、婦長さんを呼んで欲しいと言う。竹子は、杉浦婦長に急いで伝えた。

杉浦婦長が、藤岡さんたちが立てこもっている部屋に行くと、藤岡さんは、大声で改善要求なるものを読み上げた。

「午前四時三〇分起床にはじまる、寄宿舎生活について、改善を要求します。起床時間が早すぎます。また、就職したばかりの私たちに十分な教育もないまま消毒作業までやらせるのは、問題があります。また、休日は完全に休みにしてください」

杉浦婦長は、心底から驚いた。驚いたのは、先輩であった竹子たちはもちろん、寄宿舎に長い期間にわたり住み続けていた他の正規職員の看護婦や准看護婦たちも同じだった。藤岡さんたちの要求を聞きながら、心の中で「その通り。賛成」と声をあげていた。また、藤岡さんたちのストライキという行動に心から感動したのである。

杉浦婦長は藤岡さんたちの要求を聞くと、「そんなことは自分の一存では判断できない。理事長や院長と相談するから、今日のところは、まず、部屋から出ていらっしゃい」と、説得を続けた。しかし、藤岡さんたちはすぐに説得に応じず、「すぐに理事長先生を呼んでください」など要求をくり返していたが、杉浦婦長が「必ず理事長などに考えてもらうから」と説得した。藤岡さんたちは部屋の中で相談している雰囲気だったが、その内、全員が部屋から出てきた。午前五時三〇分をとっくに過ぎた時間だった。

翌日から、午前四時三〇分起床から午前五時起床となった。他の要求は、これから相談しようということになった。

部屋に立てこもるという思い切った行動のお陰で、起床時間が遅くなり、また、雑用の内容が少し改善された。

寄宿舎は、経済的困窮者にはありがたい制度と思われたが、他方、使用者からすると、何時でも、便利に使える安上がりの働き手を確保する手段であったのだ。

そして、この事件をきっかけとして労働組合づくりが始まり、翌一九五六（昭和三一）年に、病院内の労働組合が結成された。

竹子も労働組合の一員となった。組合結成のための学習会で、竹子は、働く人たちの団結する権利、使用者と団体交渉をする権利、ストライキなどの争議をする権利、いわゆる労働基本権が基本的人権の一つとして憲法に書いてあることを初めて学び、感動した。

竹子は、我慢強い性格だった。寄宿舎生活に疑問を感じることがあったが、それを改善してもらうために行動するという発想はなかった。

竹子は、石川啄木の詩が好きだ。特に好きな詩は、

「はたらけど、はたらけど　猶　わが生活（くらし）　楽にならざり　ぢっと手をみる」

竹子は、この詩は、母が深夜まで働き続ける姿と、一向に楽にならない暮らしをよく表現してくれている、本当のことが書いてある、と思っていた。

竹子は、藤岡さんたちの行動をみて、嘆くだけではいけないんだ、要求を出して改善することができる、しかも、働く人々の長年にわたる苦難の歴史の中で労働基本権が憲法に定められ

たこと、要求し改善する権利があることを学んだ。

　結成された労働組合の要求内容は、
①全寮制の撤廃
②結婚後の就労を認めよ
③健康保険に加入せよ
　というものだった。

　S病院だけではなく、当時の病院の多くは全寮制だった。その理由は、未婚の女性が圧倒的に多かったからでもある。その女性たちの結婚相手になったであろう男性たちの多くが兵隊として召集され戦死・病死をしていた。また、それ以外の年齢の看護婦たちの多くも、夫が戦死したり、戦争で大きな傷を負ったりして働くことができなかったりしており、家族を養う必要があった。アパートなどを借りて家族と一緒に生活するには、看護婦たちの賃金は低かった。そこで、寄宿舎生活をして、家族に仕送りをする看護婦たちがいた。

　また、病院は、看護婦たちに結婚を認めなかった。なんと当時は、結婚したら首になったのである。あのナイチンゲール誓詞の「わが生涯を清く過ごし、わが任務を忠実に尽くさん」などの詞は、処女を連想させる白衣の天使である看護婦さんというイメージを作りあげるのに役立った。使用者にとっては結婚を禁止し、寄宿舎生活をさせたほうが、何時でも、都合よく、なにかと働かせることができたからである。

健康保険に加入せよ、との要求も、切実だった。S病院で働いていても、病気になると、高い医療費を支払わなければならなかった。ところが、医師は無料だった。そこで、医師たちと同様の待遇を求めたのである。

健康保険制度は、大きく分けると、企業の健康保険組合、国家公務員などを対象とする共済組合、自営業者や農民や企業の健康保険組合に加入できない人たちを被保険者とする国民健康保険があるが、当時、まだまだ制度内容が不十分だった。国民皆保険制度となったのは、一九六一（昭和三六）年のことである。

後で竹子は知ったことだが、病院などの医療機関で働く人たちの間で、一九五〇（昭和二五）年前後からは、全国的に労働組合の結成が起こった時期でもあった。医療機関で働く人たちは、女性が多い。戦前は、お国のために尽くす兵隊さんたちの看護をすることが主な仕事だった。そのことは、看護の仕事を美化し、低賃金を覆い隠すものともなった。また、「女中、看護婦、おめかけさん」と言われたように、看護婦たちは、医療の専門家としてではなく、経営者の私用人と扱われることも珍しくなかった。そんな扱いが、戦後も引き継がれていたのである。

ある東京の病院での組合結成したあとの初めての病院に対する要求は、

①寄宿舎制度の下での手紙の検閲中止

②院長の足をもませることの即時中止
③男性と女性の食事内容を差別することの禁止

などだった。

当時は、使用者が寄宿舎に住む働く人たちに来る手紙の検閲をすることが珍しくなかった。使用者は、特に若い女性に対して、両親からお預かりしているのだから、みなさんに対する監督は義務でもあるなどと、説明することもあった。

一九四七（昭和二二）年に労働基準法が制定された。その九四条からは寄宿舎に関する条文である。そこには、使用者は、寄宿舎に寄宿する労働者の私生活の自由を侵してはならないこと、また、使用者は、起床、就寝、外出、外泊や行事、食事に関することなどを寄宿舎規則として作成し、行政官庁に届け出る義務があることを定めていた。これら条項は、使用者が働く人たちの個人の私生活に不当に干渉することがないように定められたものである。

しかし、このような条項があるからと言って、寄宿舎生活がただちに条項に従った内容に変更されたわけではない。

病院経営を支える重要な労働の担い手である看護婦たち女性が、戦前と同じように経営者の監視する下で、手紙の検閲をうけたりして、人間としての思想の自由、表現の自由、行動の自由など基本的な人権を侵害され差別的な取りあつかいをうけ続け、更に、仕事として院長の足をもませるなどのセクハラ被害にも耐えていたのである。彼女たちは、憲法や労働基準法などを学習して権利を主張したのであった。

全国的な労働運動のたかまりも反映して、S病院内労働組合の改善要求が経営者に受け入れられ、全寮制が廃止され、看護婦たちは寄宿舎生活をしないで、結婚後も働き続けられることになった。家族がいることを隠して働いていた看護婦たちは、家族持ちという罪悪感から解放され、溌剌として働けるようになった。

寄宿舎にいるからということで、休日労働も当然視されることがなくなり、休日労働などは当番制が確立された。また、給与も上がっていった。

看護助手時代は、月額三〇〇〇円が支給され、内一八〇〇円を月謝として納めていたが、竹子が一九五六（昭和三一）年に准看護婦となってからは、月額六〇〇〇円となり、母に半額を渡すことができるようになった。竹子は今でも、母が喜んだあの顔を忘れられない。

一九六〇（昭和三五）年には、日米安保条約の締結に反対する国民運動が全国的に広がった。福岡からも、S病院からも働く人たちが国会へ出かけて行った。竹子は、あいかわらず寄宿舎に住み続けており、テレビで国会周辺や銀座の並木通りを大勢の人たちが手をつないだり、スクラムを組んだりして行進するデモや、そのデモ隊に警官隊が襲いかかるのも観た。

一九六〇（昭和三五）年六月四日の安保改定阻止第一次ストには、五六〇万人が参加したと言われる。職場から、大学から、商店から続々と人々が国会周辺に詰めかけたのだ。

竹子自身は、国会まで行かなかったが、福岡市内のデモに、職場の仲間たちと一緒に参加した。S病院の近くには、県庁、自民党の福岡県支部、その上、アメリカ文化センターもあったから、S病院はデモコースの中にあった。デモは毎回、数千人が連なり、竹子はその隊列の中で、「アメリカの戦争に加担する日米安保条約反対！」、「戦争反対！」等々と大声で叫んでいた。

竹子はこの頃、母の家にも、テレビを入れてあげた。母は、大勢の人たちが国の方針に反対して行動する姿をみて、感動していた。戦前は、お上の命令は絶対だった。お上の命令は、間違いがない、と信じていた。神国日本は、アメリカやイギリスに必ず勝つ、と信じていた。しかし、負けたのだ。お上の命令は間違っていた。国民もお上に意見を言うことができる。また、自分や子どもたちのために、お上が間違っていると思うならば、意見を言うべきなのだ。デモをしている人たちは、自分たちの意見を述べ、国の方針を変えさせようとしている。偉い人たちだ、と感心して、竹子に話した。

日米安保条約は、この六月一九日に国会で成立し、岸内閣は六月二三日に退陣を表明した。

この安保闘争の後、組合活動はさらに活発となった。病院で働くほぼ全員が組合に加入したのだ。医師も、看護婦、准看護婦、レントゲンなどの技師たち、食堂で働く調理師たちもだ。

職員のほぼ全員が組合に加入した理由は、医師が中心となって組合が結成されたことが大きいと思う。病院は、仕事をする上で、医師が中心であって、そこに看護婦をはじめとする職種の集団がつくられる。医師が組合をつくる原動力であった以上、その周りにいる人たちも抵抗感もなく、むしろ、当然のこととして、組合に入ったのだ、と思う。

また、竹子の母のように、安保闘争を経験して、意見を言うこと、具体的に行動することの大切さを多くの人が学んだことでもある、と思う。

さらに、安保条約になぜ反対するのか、という組合内の勉強会などが活発に行われ、竹子も参加した。そこで、労働者の権利だけでなく、明治維新から太平洋戦争敗戦までの歴史、そして新憲法で定まった主権者の権利や義務なども学んだ。国の方針を決めるのは主権者である国民であり、天皇や大臣などではないことも知った。国民は選挙を通じて、国会議員などを選ぶ権利があるのだ。そうであれば、国の政治のありかたもよく勉強して、選挙の時に、間違った選択をしないようにしなければならない、と、竹子は厳粛な気持ちになったのである。勉強会に参加した仲間たちも、自分の意見を言うこと、行動することの大切さを学んだのだ。

その後、岸内閣に代わって登場した池田内閣の所得倍増計画もあって、組合が要求する職員の賃金の一律底上げ要求が認められていった。

職場内は、結婚した看護婦や准看護婦などが増えていった。宿舎はあったが、外来棟二階から、病院と少し離れたアパートが職員用宿舎として借り上げられた。竹子は、アパートの自室に戻ると、病院からの束縛感が薄くなり、なんとなくゆっくりと手足を伸ばせるように感じた。

また、医師たちも組合員となったから、医師たちと看護婦たちとの会話も弾んだ。医療集団の中で、互いに人間としての信頼関係が深まったのである。そのことが、医師たちが患者さんの情報を収集することにも役立ったのである。医師は、看護する側から見た患者さんの状況を、主にカルテ記載から把握するのではなく、直接、担当者である看護婦や准看護婦たちから口頭でも補足的により十分な説明をうけることができるようになった。そして、患者さんと医師との信頼関係がさらに深まったのである。

病気を治すことは、患者さん自身が、自分の病気を知り、治療方法を理解し、治療に前向きになって、自ら療養に取り組むことなのだと思う。

医師や看護者たちは、患者さん自身をより深く理解し、患者さんのその時々にあった助言や治療、看護をすることが大切である。その大切な行為をするためには、看護を担当する医師・看護婦たちの集団のチームワークの良さが必要なのだ。

竹子は、組合運動に取り組む毎日が楽しかった。

竹子は一九六三（昭和三八）年、次郎と結婚した。次郎とは、労働組合の集会で知り合った。次郎は、大手新聞社の印刷工だった。竹子にとって、次郎の職場の話や、これからの日本の発展方向などを熱心に話してくれる姿は、とても魅力的だった。しかし、深夜労働をする竹子の賃金より、次郎の賃金は低く、二人の収入を合わせても、公団住宅の家賃を払うことは厳しかった。そこで、竹子は新婚早々の住居に、急遽、商社勤務で収入がある独身であった弟の靖に同居してもらい、家賃を負担してもらうという苦肉の策をとった。

一九六四（昭和三九）年には、長女・恵子が、一九七〇（昭和四五）年には、次女・信子が誕生した。竹子は、長女を妊娠した直後から、夜勤をはずし、日勤だけの仕事をした。夜勤の仕事によって、給料は三分の一程手取り額が減少し、経済的には打撃だった。

それに、母がとても喜んでくれた。そして、保育園の少ない時代だったので、竹子が出産後、すぐに、同居をしてくれ、母が恵子の世話をしてくれた。母は、当時五七歳だった。恵子が四歳になったときからやっと保育園に入れることができた。しかし、夜勤まではできなかった。信子が誕生した時は、産休明から保育園にいれることができたが、保育園へのお迎えは母の仕事だった。

竹子は、この子育て当時も、労働組合の一組員として活動することができた。それも、母のお陰であった。母は竹子に、「女も働くことだ。働くことで、男と同じように発言することができる。竹子が、働き続けるためには、働きやすい環境が必要でしょ。そのためには、労働組合が必要なのでしょ。そうであれば、組合の仕事も准看護婦の仕事と同じように一生懸命やりなさい」と、励ましてくれた。

また、子どもたちが、大病や大怪我をすることもなく、成長していったことも幸いしたし、子どもたちが熱を出すと、竹子は心細くなったりしたが、母はどっしり構えて、「病院で働いているのに何を心配するの、この位の熱で」と言って、熱のある子どもをおいて仕事に出かけるのに躊躇っている竹子を励ましたのである。

一九六八（昭和四三）三月末、夫・次郎が東京へ転勤となり、竹子らは、福岡から東京都内の公団住宅に引っ越した。竹子は、福岡から離れることが初めてであり、不安でいっぱいだった。夫の賃金だけでは四人家族の生活は厳しかった。自分の仕事先を見つけられるだろうか。子どもたちの保育園探しもしなければならない。

しかし、母がついてきてくれる、と言った。

「子どもがいたら働く場所なんかなかなか見つからないよ。准看護婦は、あんたの天職だよ。子育ては私に任せなさい。あんたは天職を全うしなさい」

竹子は、この母に感謝した。母は、自分たちの生活の大変さが分かっているのだ。そして、何よりも竹子のことを、本人以上に理解してくれている。

母・春子は、日雇い仕事や夜なべ仕事をして、子どもたちを育てた。竹子だけは高校に進学させてやれなかった。他の男の子たちは高校に進学し、その後は、奨学金をもらって大学に行き、それぞれ一目おかれる仕事についている。竹子は母の勧めで准看護婦になった。お金があったら看護婦にもなれただろうに。

母の春子は、竹子が生まれた当時のことを懐かしく切なく思い出すことがあった。

竹子は八ケ月目で生まれた未熟児だった。片手に乗るほどの大きさしかなかった。当時の医療水準からすれば、未熟児がまともに成長することは稀だった。産婆さんは言った。

「この赤ちゃんの命の保証はできません」

それを聞いた父親は、どうせ死ぬなら早く死んだ方がいい、と言い、名前をつけようともしなかった。

春子は、せっかく生まれてきた新しい命をなんとしてでも守り抜きたかった。父親は、生後七日目を迎え、なんとか生きているわが子をみて、「竹のように力強く成長することを願って、竹子」と名づけたのだ。

春子はそんな事を思い出しながら、あの切ない思いをして抱いたわが子がいつの間にか大きく成長し、そして二児の母親となっている。その上、竹子は、母が決めた進路について、なんの文句や愚痴を言うこともなく、自分の人生として歩んでいる。母として、竹子に准看護婦と労働組合の仕事を全うさせ、誇りある人生を歩ませたい、と考えたのである。

Y精神科病院時代――転職のころ

竹子は上京後すぐに、仕事を探した。そして、当時の職業安定所を通じて、病院のベッド数が約四〇〇床のY精神科病院の准看護婦として採用された。採用条件は、パート職員、時給三〇〇円、日勤のみで夜勤なし、であった。

竹子は、母が子どもをみてくれていたので、必死に働いた。出勤した日は七時間働き、二一〇〇円となった。その上、月に二五～二八日も働いたこともあった。月額五万円以上となり、手取り額も四万八〇〇〇円位にはなった。それに、失業保険、健康保険、厚生年金もあった。経済的に落ちつくことができた。

そして、一九七六（昭和五一）年、長女が小学六年生、次女が六歳となり、子育てに大分手がかからなくなった時に、母と相談して、夜勤もする正職員となった。しかし、Y精神科病院には職員が誰でもわかる賃金体系がなかった。職員として採用される時に、病院の理事との面談で、一人ひとりの給与が決められる仕組みであった。また、月給制ではなく、日給・月給制だった。

竹子は、日給・月給制で月額八万円と決まった。当時、竹子は病院内の他の同じ准看護婦の賃金を知らなかった。理事は、面接の時に竹子に、言った。

「この金額の日給でいいですね。あなたには、子どもが二人いるから子どものことで仕事を急に休むことがあるかも知れない。そんなあなたにこんな賃金を出すということは、破格だから。人に言ったらダメですよ。秘密にするんですよ」

竹子はその時に「はい」としか言えなかった。竹子は、母がいますからそんなことはしません、と言おうとしたが、そんなことを言う自信がなかった。子どもの成長時にはどんなことがあるか分からない。また、理事の姿勢は威圧的で「はい」としか言えなかったのである。竹子は、あとで考えると、本当に自分の弱さが情けなかった。

しかし、竹子は、夫の職場は恵まれない経済環境だったから、正社員となれたことで家計の見通しもでき、子どもたちの将来の学費を預金できるようになったのである。


母は、一九七九（昭和五四）年三月に、竹子たち家族に言った。

「恵子ちゃん、中学卒業おめでとうね。よく頑張った。信子ちゃんもそろそろ小学校の上級生になるね。二人とも勉強はできるし、運動会でも頑張っているね。おばあちゃんは本当にうれしいよ。素敵な孫をもって。もうそろそろ、おばあちゃんは卒業していいと思うけど、どぉ」

「なんのことなの」

「そろそろ、おばあちゃんは、福岡に帰ろうと思う。二人とも大きくなったし、もうおばあちゃんは要らないよ」

竹子たちは、母を引きとめたが、これからは福岡に住みたい、と言って、帰っていった。

その二年あとの一九八一（昭和五六）年に、母は七三歳で死んだ。

母は、やさしく、強く、偉大で、そして何よりも智恵豊かな人であった。竹子は、そんな人に育てられたことを心から感謝している。自分が存在し生きているのは、まさに、この母のお陰である、と。

竹子は、なにか苦しかったり、悩んだりする時には、母を思い出す。こんな時、母が生きていたら、どんなアドバイスをしてくれるだろうか。くよくよ悩んでいる竹子をみて、しっかりしなさい、信念を貫きなさいと言って、励ましてくれるだろう。

Y精神科病院時代――精神科病棟のありさま

それまで一般病院で働いてきた竹子は、Y精神科病院に働きはじめたときに、入院病棟だけでなく外来病棟も全体的に、うつうつとしたくらい陰気な空気に満たされている雰囲気に圧倒された。

患者さんたちの顔には、笑いがなかった。全体的に堅く暗い表情だった。また、その眼は一体どこを見ているのだろうか、と思われた。どこまでも続く深い暗闇を凝視しているかのようだった。竹子は、患者さんたちがどんなに辛い精神状況にあるのかを知って、胸が痛くなった。

入院病棟には、病棟への出入りが自由にできず、鍵がかけられた閉鎖病棟と、鍵がかけられていない開放病棟があった。

入院病棟の患者さんたちの多くは、二〇畳の部屋に一〇名～一二名が、畳の上に敷かれた布団にくるまってほぼ終日寝ていた。起きるときは、食事や排泄のとき、医師の診察を受ける時くらいだった。それは、強い薬を飲んでいるからでもあることを、あとで知った。

閉鎖病棟の患者さんたちの中には、保護室という名の個室に入れられている人もいた。暴力を振るったり、自殺しようとする人たちで、保護が必要なのだ、と先輩の准看護婦が教えてくれた。しかし、狭い部屋の中においてある便器で排泄し、その部屋の中で、差し入れられた食事をするのだ。本当に治療の一つとしての保護室入りなのだろうか。竹子は、看護者による恣意的な拘束や拘禁もあるような気がした。

竹子は、福岡県のS病院に勤務しているときに、急いで刑務所内の急病人の診察に行くというので、医師の先生に、看護婦たちと一緒にカバンをもって同行したことが、なんどかあった。そのとき竹子は、仕事半分、怖いもの見たさ半分であったように思う。刑務所内の医務室に入るのもいくつかの鍵を開けた記憶がある。

その時、患者さんの病状は特別なものではなく、いつも簡単な診察で終わった。その帰り際に、担当者から刑務所内の簡単な説明をしてもらったことがある。うろ覚えだが、実刑を受けている人が独房で過ごす場合があること、その時は、食事、排泄もその独房内でするようなことを聞いた。独房を見たわけではない。

竹子は、閉鎖病棟内の保護室は、まさにその聞いた刑務所内の独房に思われたのである。暴力を振るったり、自殺の恐れがある時だとしても罪を犯してもいないのに、窓もないジメジメした暗い部屋に押し込めるのが、本当に医療だろうか、病んだ精神はいっそう病むことになるのではないか、と疑問がふくらんだ。

そして、竹子は、あの暗闇を凝視し続けるように思われる眼を少し納得したのだった。

竹子は、さらに入院患者さんに対するあまりに酷い看護内容にもガクゼンとした。これが、患者さんが療養する場所だろうか、という根本的な疑問を持ったのである。

まず、もっとも驚いたことは、患者さんが入院している病棟にある診察室に、患者さんのカルテがなかったことである。患者さん一人ひとりの病歴や治療方針、そして、どんな薬が処方されているのか、病棟では、客観的に把握できない状態だった。

S病院では、准看護婦の竹子も、患者さんの病歴などを理解するためにカルテを読んでいたし、分からないことは、医師に直接、聞くことができた。

竹子はあるとき、思い切って、精神科の医師に聞いた。

「どうしてカルテを病棟におかないのですか」

「君たちは、ドイツ語が読めるのかい」

と、馬鹿にしたような言い方で反論された。

もちろん、読めない。しかし、カルテの全部がドイツ語で書いてあるわけではないだろう。その医師は、病棟で患者さんを診察すると、メモを書いて、そのメモを医師たちのいわば事務室でもある医局に持ち帰り、カルテに書き写したり、写さなかったりしていた。そのようなやり方では、カルテに書く内容も不正確になったり、不十分になるのではないだろうか。また、このY精神科病院は、S病院と違って、医師と看護婦たちなどの他の職種のチームワークを創りあげる方針が薄いことも知ったのである。

また、驚いたことは、作業療法と言って、比較的症状が軽い患者さんたちに、配膳、トイレ掃除、お風呂のあと片付け、他の患者さんの入浴の手伝いなどもさせていた。また、自分の物だけではなく、他の患者さんの下着、寝巻き、シーツまでも洗濯させていた。それら洗濯物は、汚物汚れもあった。さらに、病院内のゴミ出し、焼却までもさせていた。

医師の先生をはじめ上司たちは病院は、患者さんにこんな作業をさせることが、治療の一つであると説明した。しかし、こんなことは一般病院ではありえない。一般病院で、患者さんの手術後、体力の回復をまって、退院までの間、こんな作業療法などさせてはいない。そして、病院は、そんな作業の対価として、男性にはタバコ二、三本、女性にはアンパン一ケ程度を与えていたのである。

竹子は、ある時、熱心にゴミ焼きをしている男性患者さんに聞いてみた。その患者さんは、薬の影響で滑らかに話が出来なかったが、ゆっくり話してくれた。

「いつも熱心にゴミを焼いていますね」

「ハイ」

「いつ頃から、この作業をしていますか」

「モウ　ズート　マエカラ」

「もうズート前って、何年くらい前から」

「ニュウインシテ二〇ネン　クライ　ゴミヤキハ　一〇ネン　クライ　シテル」

「どうして、この作業をしているの」

「ソレハ　センセイガ　コノシゴト　シタラ　タイイン　デキル　ト　イッタ」

「いつ退院させてもらえるの」

「ワカラナイ　一〇ネンクライ　シテイル　タイイン　マダ　デキナイ」

この患者さんの声は、聞き取りにくくなかった。患者さんによっては、何を話しているのか分からない人もいる。この患者さんは、少しタドタドしいところはあるが、会話は十分可能なのだ。医師は、退院の目処があって、ゴミ焼却をさせたのではないだろう。しかし、患者さんは退院を信じてゴミを焼き続けている。なんていじらしい人なんだろうか。竹子は胸が締めつけられた。


さらに、驚いたことがあった。

Y病院は戦前からある病院で、建物が非常に古く、二〇畳のたたみ部屋に一〇〜一二人が入院していた。建物の建付けが悪くなっていて、病室には、すきま風が吹き込んだり、雪が降り込んだりしていた。暖房もなかった。病院職員は、そんな寒い日は、暖かい綿入れなどを着て仕事をしていた。しかし、患者さんの多くは、しもやけになった手や足を、冷たい布団の中に入れ、ジッと寒さに耐えていたのである。また、布団は、万年布団で、畳に敷きっぱなしだった。

竹子は、福岡のＳ病院にいたときと同様に労働組合に入った。組合に入って、労働条件の向上と共に、患者さんたちの待遇をもっと良くしていきたい、と思ったからである。

Ｙ病院の組合は結成されたばかりであり、加入者が増えている時期でもあった。竹子は組合に入るとすぐに、執行部に患者さんの看護内容を改善することを提案した。その結果、組合が病院にも申し入れ、六月の梅雨入り前に、万年布団を干すことになったのである。

その日は、強い日差しが照り、布団干しに最適だった。朝の通常業務を急いでやりながら、患者さんたちに声をかけ、窓辺りに布団を干していった。一枚の薄い布団は、じっとりと水気を含んで重く、ヨイショと大きなかけ声をかけながら、やっと持ち上げ、窓辺りに並べていった。そんな事をしているときに、いつも大人しい患者さんたちから歓声に似た驚きの声が響いてきた。

「ナ、ン、ダ。コ、レ、ハ」

「キ、ノ、コ、ダ」

「マ、サ、カ。ホ、ン、ト、ウ、ダ。キ、ノ、コ、ダ」

竹子は、患者さんが重いたどたどしい口調で話しながら指差した畳を見た。どうだろう。布団の下の腐った畳にキノコが生えていたのだ。竹子たち職員は、干したばかりの布団をひっくり返して見た。布団にもキノコがついていた。不潔な恐ろしい衛生状態だった。こんな中で、患者さんたちは生きているのだ。

この日は、布団を干し続けた。そして、その間に、病室内の掃除も続けた。畳も消毒した。午後三時頃から布団を病室内に取り入れた。組合は、理事にキノコが生えていた布団を捨てるように申し入れ、実行された。キノコが生えていた畳の取替えも申し入れたが、一部、改善されるにとどまった。

この布団干しは、患者さんたちからたいそう喜ばれた。その後、定期的な布団干しが准看護婦たちの日常業務となった。

それにしても、こんな患者さんたちの情況を家族は知っているのだろうか、と、竹子は疑問に思った。精神を病んだ患者さんは、時として、家族関係が断絶する人もいる。そして、生活保護の患者さんたちが多いことも知った。

竹子が驚いたことは、まだあった。患者さんに対する看護者の乱暴な行動である。一九七三（昭和四八）年頃までは、男性看護助手の中には、病院勤務とは関係ない他の職業を経験し、医療や看護について勉強することもなく、Y精神科病院に就職した人たちがいた。そのような看護助手の中には、精神を病む患者さんたちに対し、危険な人、何をするか分からない人、などという誤った認識を持ったままの人がいたのである。

ある時、竹子はそんな一人の看護助手に、なんで乱暴するのか、と聞いたことがある。彼は、即座に、自分の身を守るためだ、患者になめられないようにするためだ、と答えたのであった。

Y精神科病院時代——精神を病む人たちに対する社会の対応

竹子は、自分のためにも、また、精神を病む人たちに対する誤解をもったまま働いている職員たちのためにも、精神を病む人たちの歴史を学ぶことを組合に提案し、企画された。竹子はその学習会で多くのことを学んだ。

精神を病む人たちへの処遇は、酷い歴史だった。中世ヨーロッパの魔女裁判もその一つと考えられている。一七九三（江戸時代・寛政五）年に、フランスのビセートル医院では、患者さんを鎖からはずし拘束衣に代えた。この時代は、なんと鎖につながれていたのである。

日本では、一九〇〇（明治三三）年に精神病者監護法が制定された。この法律は、精神を病む人たちを治安政策上から社会から隔離して収容するというものだった。収容する方法は、警察の監督の下での私宅監置である。私宅監置とは、分かりやすく言えば、自宅内の座敷牢などに収容する、というものであった。

その年には、清朝が列国に対し宣戦布告し、大日本帝国軍は八ケ国連合軍の一軍として北京城内に侵入した。一九〇二年には、日英同盟が成立している。大陸への進出に向けた国内の軍事体制が強化されていった時代だった。

また、足尾銅山の鉱毒によって被害を受けた一万二〇〇〇名が警官隊と衝突するという足尾銅山事件がおき、治安警察法が制定された年でもある。

私宅監置とは、いわば兵隊として社会に役に立たない精神を病む人たちを家族が責任をもって監護する義務があるという内容である。この法律は、精神を病む人たちと家族を、社会から孤立させるものとなった。

社会には、必ず精神を病む人がいる。その人たちを社会の中で支える体制をつくるのではなく、今風に言えば、完全な個人責任・家族責任として封印をした、と言えよう。

現憲法は「すべて国民は、健康で文化的な最低限度の生活を営む権利を有する」のであり、「国は、すべての生活部面について、社会福祉、社会保障及び公衆衛生の向上及び増進につとめなければならない」と定める（二五条一、二項）。

国民は、なによりも尊い命をもつ個人として尊重されるのであり、単に、食事をし、排泄する生き物ではない。他人と繋がりあいながら、健康に生き、人類が継承してきた文化を愉しみ、さらに、自分自身と社会をいっそう豊かにしていく存在である。

個々人が健康に生きること、そして、健康に生活できるような制度を作りあげることは、国の責任なのだ。国は、社会福祉、社会保障、公衆衛生の向上及び増進につとめなければならないのであって、その責任を放棄することはできない。

しかし、大日本帝国憲法は、天皇が神聖にして侵すことができない存在であり、国家の統治権者である、と定める一方、天皇の臣民は、兵役や納税の義務を負い、法律の定める範囲内の権利をもつことしか認められなかった。また、臣民は、安寧秩序を妨げてはならない義務があったのである。

私的監置は、かかる憲法の存在する国家体制の一つの表れでもあった、と言えよう。

一九〇一（明治三四）年に東京帝国大学医科大学の教授となった呉秀三さんは、一九一八（大正七）年に、私宅監置を批判している。

「我邦十何万ノ精神病者ハ実ニ此ノ病ヲ受ケタルノ不幸ノ外ニ、此邦ニ生レタルノ不幸ヲ重ヌルモノト云フベシ」

なんと的確で痛烈な批判なのだろうか。精神を病むという不幸だけではなく、私宅監置を強制する国に生まれた不幸があると言うのだから。

この批判や私宅監置の惨状が、一九一九（大正八）年に、私宅から病院への収容への流れを目的とする精神病院法を制定させることとなった。しかし、当時の軍事大国下の国家財政の状況の中で、精神科病院建設は容易に進まなかった。その具体化は、戦後の一九五〇（昭和二五）年の精神衛生法の制定を待つこととなる。精神衛生法が、法的に私宅監置を禁止し、私宅から病院への収容へと、政策を変更したのである。

しかし、直ちに私宅監置がなくなったわけではない。

竹子がY精神科病院に正式採用されてから数年したあとに、ある屋敷内にある物置のような小屋の中で、足を鎖でつながれ、茫茫とした髪と身体全体が糞尿にまみれぬき、異様なにおいを立ち上らせている女性の患者さんを観た。体重は三〇キロ程度であったろうか。その女性の両親が死亡し、兄弟が病院に相談に来て、入院させることにしたからだった。竹子が、私的監置の惨状の一端を具体的に知ったときでもあった。

その患者さんに、表情はなかった。油や汚れで固まり、垂れ下がった髪の隙間から暗闇のような瞳がわずかに見えた。竹子には、人間としての生きる喜び、悲しみ、辛さ、苦しみさえも忘れ去った瞳のように思われた。竹子の胸はキリキリと痛んだ。竹子は苦しくて、その患者さんに声をかけることができなかった。

一九五〇年代は、精神医療分野に大きな変化がもたらされた。まず、精神衛生法が成立し、私宅監置が禁止され、病院での医療体制の確立が目ざされた。また、一九五四（昭和二九）年に、厚生省の第一回全国精神衛生実態調査が実施された。そこで、精神障害者の推定人数は一三〇万人、入院が必要な推定患者数は四六万人とされた。その数字は、当時のベッド数が約三万であったから、入院ベッド数や病院数を増加させる根拠となったのである。そして、一九六〇年代に医療金融公庫（その後の医療福祉事業団）によって、精神病院建設のための長期・低利の貸出し制度がつくられ、精神病院の建設の財政的な裏付けとなった。

しかし、この財政的な裏付けをえたこと、また、「精神科特例」という扱いによって、精神科病院の急速な増床と建設をまねき、いっそう精神を病む人々を医療や看護内容が不十分な病院内へ収容させ、また、入院を長期化させる要因となったのである。

また、この時代は、抗精神病薬が開発され、病院に入院しなくとも地域での生活が可能となっていった。しかし、地域での生活を可能とするためには、地域に受け入れ体制が必要なのだ。地域での受け入れ体制とは、患者さん本人自身が、医師や保健師などの専門家の人たちと、住居近くで相談できること、また、相談だけではなく、時には、それら専門家の人たちが自宅まで出向いて生活の援助をしてもらえること、更には、病状が悪化した緊急時に一時的に受け入れてもらえる施設などがあることだ。

これら体制は、意欲的な人たちの努力で少しづつ実っているが、国全体としてみれば、今日でも大きな課題なのだ。

竹子がY精神科病院に勤務をはじめた当時も、症状が落ちついた患者さんたちが二、三〇年以上も入院していた。

ある時、竹子は、「自称明子」さんという患者さんについて、先輩の看護婦に聞いたことがあった。

「自称だなんて、珍しい名前ですね」

「あの人は、上野公園にいたのを連れて来たんですって。その時に自分の名は、明子だと言ったけれど、苗字は忘れたと言ったんですって。それで、自称によれば明子さんという意味で、

『自称明子』っていう名前にしたと聞いている」

竹子の先輩の職員の説明では、太平洋戦争が終わり、戦地から日本に送還されてきた人たち、あるいは、東京大空襲などの戦災で帰る家や家族を失ったりした人たちの中には、上野公園などで寝泊りしていた人たちがいた。その人たちを治安政策の一つとして、精神科病院に収容したこともあった、という。また、私宅監置という制度の下で、病院は、私宅監置ができない家族から追い出された精神を病む人たちの収容先でもあった。

そんな人たちは長期入院となる。帰る場所がないからだ。また、仮に帰る場所があったとしても、地域で患者さんの日常生活を支える体制が必要なのだ。そんな体制がなければ、両親のいる家に一旦帰っても、家族を含め支える体制が地域にないかぎり。再入院をすることもあるだろう。

竹子は、精神科病院の患者さんに対する医療や看護内容が一般病院よりも著しく劣る大きな原因は、精神科特例という制度によることを知った。

一九五八（昭和三三）年に精神科特例が設けられた。

そもそも、医療とは、国民はなによりも尊い命をもつ個人として尊重されるのであって、その個人の命の尊厳を保つものでなければならない。そして、医療で働く人々は、尊厳なる命をもつ患者さんとの間で信頼関係をつくりあげ、患者さんの心身の状況に応じた医療を行うものである。そのような医療をするために、国は、病院で働く医師や看護婦などの最低でも守らなければならない職員数を決めている。

ところが、国は、精神科病院を特殊病院として扱い、医師の数は一般病院の三分の一、その他の職員の数を一般病院の半分で良いことにしたのである。その後、看護婦・准看護婦については、特例が廃止されたと言われるが、一般病院に比較すると、人員基準は、いまだに医師は三分の一、看護婦・准看護婦は三分の二である。

このような扱いは、病院の収入金額を左右することになる。例えば、二〇一一（平成二三）年度には、精神科病院の入院単価は、一日あたり金一万三七〇〇円程である。しかし、高齢者が多く入院している小規模（療養型）病院でも三万八〇〇〇円程なのだ。


竹子は、このような特例の結果、入院患者さんのための医療や看護内容が不十分なものとなっていることや、患者さんの人権侵害につながる温床にもなっていることを知った。

この特例が設けられた理由は、一九五〇（昭和二五）年の精神衛生法の制定にさかのぼる。精神衛生法は私的監置を禁止したが、私的監置に代えて、精神科病院への収容に切りかえたのだ。そして、多くの入院患者さんを受け入れるため、また、精神を病む人たちに対する偏見から、一般病院よりも少ない医師数や看護者数にしたのである。

しかし、今日では、精神を病む人たちを治療、看護する人たちの数をこのように少なくする合理的根拠はないはずではないか。障害者権利条約にも反することではないだろうか。精神を病む人たちに対する医療・看護内容が一般病院と比較して劣ることが異常であることを真剣にうけとめ、特例を廃止するべきだろうと、竹子は思う。

精神を病むということは、脳の機能障害もあれば、そうでない場合もある。また、脳の機能障害でも、快復が絶対不可能と断定はできない。環境によって地域での生活が可能となり、地域で生活することによって、快復可能なのだ。

生命は柔軟であり、豊かな存在なのだ、と思う。

どうして精神を病む人たちがこのような扱いを受けるのだろうか。精神を病む人たちにこそ、その心を癒す手厚い医療や介護が必要なのではないか、と、竹子は思う。

日本の精神を病む人たちに対するこの国の政策はどうだろうか。

精神の病を他の病気とは、全く違うものとして扱っているのだ。竹子は思った。あの呉秀三さんが、わが国の精神病者は、その病気になったという不幸の外に、この国に生まれたという二重の不幸がある、と指摘した、その二重の不幸がまだ続いているのだ、と。

この精神科特例の問題については、現在まで、全国の精神障害者団体などが、国や日本医師会などに特例の廃止をもとめる要請を続けてきたし、国会でもしばしば取り上げられている。

竹子は、時間を割いては、患者さんたちと話した。患者さんは優しい。人に命令、指示される生活をしているからだろうか。なにかにつけて「ハ、イ」と言うだけで、何も話をしてくれない。しかし、その内に、話してくれるようになった。

入院病棟には、薬を飲まない患者さんがいた。上司からは、薬を患者さん本人に飲んでもらわず、看護者が飲ませ、本当に飲み込んだかどうか確認するように指導されていた。しかし、器用に薬を飲んだふりをして、後で吐き捨てる患者さんたちがいたのである。そこで竹子は、そんな患者さんに、どうして薬を飲まないのか聞いた。患者さんは言った。その患者さんは、薬を拒否していたので、口調は明瞭だった。

「あんた、親切にいつもしてくれているけど。あんた、一度、飲んでみろよ。飲んだら分かる。野良犬が来たことがあったんで、パンの中に薬をいれて食べさせたことがある。そうしたら、その犬、死んだみたいになって、しばらくジッとしていたよ。おれ、はじめは死んだ、と思った。そんな薬だ。体を動かせなくなる。頭も馬鹿になる。そんなヤツ、誰が飲めるか」

その後、薬を拒否していたその患者さんは、電気けいれん療法をされた。電気けいれん療法とは、脳に通電することによっておこるけいれん療法で、発作のあと症状が改善する、と説明されている。

竹子は、通電のときに、全身をけいれんさせる患者さんの姿が痛ましかった。

Y精神科病院時代——労働組合の活動

労働組合は、患者さんの待遇改善のために、単に組合内での学習をするだけではなく、積極的に病院の外の勉強会に参加する方針をだし、実行された。例えば、東京都が企画した学習会もあり、そこで、精神科医療の倫理、患者さんの人間性の尊重をどのように保障するのかなどについても学習した。

また、組合は、当然のことながら、自分たち職員の労働条件の改善にも取り組んだ。

一九七二（昭和四七）年には、アメリカ合衆国から沖縄の施政権が日本に返還され、冬季五輪が札幌で開催され、山陽新幹線が新大阪と岡山間で開業された年だった。更に、中国から来たパンダが初めて上野公園で公開された年でもあった。

この頃は、労働者の賃金要求も大幅アップで妥結していった時代だった。しかし、Y精神科病院の職員は、夏のボーナスが他の精神科病院に比較して半分くらいしかなかった。

竹子は一九七六（昭和五一）年の秋の総会で、執行委員の一人に選ばれた。執行委員になった竹子の抱負は、職員の賃金やその他の労働条件の向上と、精神科患者さんの一般病院患者さんとの差別的処遇の改善であった。

当時のY精神科病院には、竹子が就職した当時とおなじく、賃金体系がなかった。就職のさいの理事との面談で、日給・月給額が決定されていた。

労働組合が賃金体系の確立と月給制を求めたのが、一九八〇年代であった。使用者側である理事は、職員を採用する時に、「あなたは優遇されるのだから、賃金については他人に口外しないこと」と、それぞれに命じていた。職員の多くは、その言葉を信じて、優遇されている者としての自覚をもち、働いていたのである。ところが、組合を作り、給与明細を見せあった結果、優遇されていないことを、互いに知りあったのである。

当時、組合員は、職員の過半数以上を占めており、それぞれの給与明細を一覧表にしていった。その調査結果によって、学校卒業後すぐに採用された職員たちも、中途採用された職員たちも、統一した基準がないことが分かった。

組合は、他の七つの精神科病院との賃金比較表も作成したのである。その結果、一九八一（昭和五六）年当時、他病院の看護師、准看護師、薬剤師、栄養師、調理師、事務員の全職種にわたり、月額で二万～五万円もの低い賃金であることが分かった。また、他病院には、それなりの賃金体系があった。

Y精神科病院における職員を採用するときの賃金の決め方は、職員個々人を分断し、使用者に都合よく働かせる役割をしていたことが分かったのである。

組合は使用者である病院側と四～五年かけて協議をくり返した結果、一九八四（昭和五九）年から月給制となった。また、賃金は、他の精神科病院のそれとそん色ないものとなった。組合の粘り強い団体交渉の努力が実ったのだ。

しかし、明確な賃金体系は確立しないままだった。

賃金アップは、職員の離職率を減少させた。他病院の方が待遇がよければ、よりよい待遇の病院に就職したくなるのは当然である。

また、離職率の減少は、看護内容の向上にもつながる。看護職員集団も長く看護することになり、患者さん一人ひとりの病状を把握することが、より一層できる。

組合の団体交渉の結果、月給制となったこと、給与額も他病院とそん色ないものとなったことから、組合の加入者が増加した。

福岡のS病院のように医師を含め全員加入とまではいかなかったが、職員は組合で結ばれ、職場の労働条件の改善や、患者さんの待遇改善についても意見が出され、組合は病院にそれらをくり返し要望していった。

A新聞は、一九八四（昭和五九）年三月に精神科病院である宇都宮病院で起きた患者さんの死亡事件を大きく報道した。それによれば、前年四月に食事の内容に不満を言った患者さんを看護職員が暴行した結果、亡くなり、その一二月には、別の患者さんが急死した、と言うのだ。

この事件は、精神科病院に入院する患者さんたちが、日常的に暴力行為をうけている可能性があることをひろく社会に知らせた。患者さんが安心して療養できない密室の存在が知られた。

患者さんは、不満一つ言えない状況にあることが知られたのだ。

この事件は、国内に衝撃をあたえただけでなく、国連の人権委員会でも取り上げられ、日本の精神医療の現状に厳しい批判がされた。それらの結果、精神衛生法に代わって、精神保健法が制定され、はじめて患者さんの任意入院制度と社会復帰施設が新たに設けられることになったのである。

組合も、この事件を重視した。他病院のこととして無関心でいることができない病院の現状があった。組合は、病院の理事会に対し患者さんの処遇改善の要望を出していたが、なかなか進まなかったのだ。

組合が、一九八六（昭和六一）年の春闘で理事会に出した、患者さんの待遇改善についての申し入れ内容は、大略、次のようなものであった。

①理事会は、精神医療の理念にもとづき、精神病院倫理綱領にてらし、患者の人権を尊重し、同時に全職員が働きがい、生きがいと誇りがもてる体制・民主的病院運営に全力を注いでください。

②職員の専門職員としての意識の向上、知識・技術の向上をめざし、病院内外の教育、研修を行い、参加者の人選は公平にし、勤務あつかいにしてください。

③作業療法について抜本的検討を行い、使役にならないようにしてください。

④レクレーションやスポーツなどを活発にとりいれ、幅広いゆたかな治療環境を整えるため作業療法士を配置してください。
⑤差額室料、洗濯代などの保険外負担の縮少、廃止、共通経費などの使途を明示してください。
⑥病室内の整備、照明、床頭台、ロッカー、棚などの設置と改善をしてください。
⑦病棟内外の整備、トイレ、洗面所、配膳室、浴室、面会室などの改善をしてください。
⑧デイケアの開設を検討してください。

また、患者さんに対する医師の問診・精神療法を定期的に行うこと、診療室にカルテを保管すること、さらにある男性看護者の患者さんに対する暴力、患者さんに対する薬づけの問題も団体交渉において指摘した。

しかし、理事会はそれら改善要求を聞くだけで、具体的な待遇改善の動きがないままであった。

ところが、A新聞は、一九八六(昭和六一)一〇月、「名門精神病院で不祥事」と大きく報道をした。その名門病院とは、Y精神科病院だった。その報道の内容は、医師が入院している約一〇〇名の患者さんに大手製薬会社が開発したビタミン剤を、自律神経障害の治験薬として実験的に使用したということであり、しかも、投薬の際に製薬会社の専門職員に処方箋を書かせていた、というものだった。また、男性看護者の暴力行為のことなどもあった。

この報道は、病院内にはげしい衝撃を与えた。新聞報道を知った直後の理事者たちの関心事は、誰がマスコミに情報を流したのか、であったろう。職員は事実を知っている人と、知らない人がいた。竹子は、この報道ではじめて治験薬のことを知った。職員の暴力行為については、団体交渉のときに理事者たちに指摘し、問題行動のある職員に対する適切な指導とともに職員研修の充実を求めていたのであった。

当時の看護職員は、資格をもった人に代わっていった時代だったが、それでも、無資格者の正職員とともに、大学生のアルバイト職員もいたのである。このような職員に対する研修が十分になされていなかったのだ。病院内は落ち着かないザワザワした雰囲気となった。

東京都の指導もあった。病院は、東京都の医師法違反の疑いによる立ち入り調査を受け、精神科医師の標準的な員数が一一名であるはずのところ、七名しかおらず、四名が不足していること、ある医師については診療録の記載が全般的に不十分であること、また、女性の入院患者さんから月額一〇〇〇円のお金を衛生費としてもらっているのに、そのお金が病院内の清掃人件費に充当されていたこと、作業療法として、配膳、清掃などを行わせるなど、本来の作業療法の逸脱が見られたこと、患者さんが外部と連絡できるための電話の設置などについて厚生省のガイドラインに反する事実が見つかり、指導が行われたのである。

組合は、新聞報道がされて数週間以内に緊急組合集会を開催し、また、アンケートで組合員の意見を出してもらった。

組合員たちからは、「病院改善のために病院と協力していきたいのに、ノラリクラリとしている」、「病院は秘密主義的だ」、「この病院では、看護者が、本当の意味で医療の共同治療者とされていない」、「患者さんを抑圧管理する役割とすれば、患者さんと我々との関係は、対立的となる」などの批判的な意見が出され、このような事態を発生させた理事長や理事は、責任をとって人事を一新し、病院を根本から変えてもらい、医療の質の抜本的な改善を図りたい、という意見にまとまっていった。

組合は、これら組合員の意見を受け、いくつかの質問を理事会にした。その内の理事会のありかたについての回答の大要は、次のようなものであった。

「理事会は、最高議決機関であり、議題を真剣に討議し、方向づけをしている。私企業である病院は、安定した経営を目標にしている。毎年大幅赤字では、患者処遇対策はもちろん、職員の待遇、設備の陳腐化対策ができなくなる」

組合は、理事会に対して、管理体制の確立、作業療法と称して患者さんにさせているゴミの焼却や、他の患者さんの入浴の世話などの中止、更に、患者さんのために病院内に電話を置いて、通信・面会の自由を保障すること、更に、患者さんに暴力を振るうことがないように精神科医療と介護の院内教育の充実を要求した。これらについては、組合は団体交渉時に、くり返し改善を求めてきたことでもあった。しかし、理事会は誠実に対応してこなかったのである。

職員の誰かが、やむにやまれずマスコミに通報したことで、社会に知られ、やっと改善されることになった。

理事長と、理事であり治験をした医師の辞任、総婦長の退職があり、経営陣が一新された。また、患者さんの作業に対して金銭が支払われるようになった。作業療法として患者さんに作業をさせるのであれば、本来、病院職員が付き添って作業療法にふさわしい作業をさせるものであろう。しかし、理事会は、金銭を与えることによって解決としたのである。

この後で、理事会と組合間の賃金問題に関する交渉は、それまでよりもスムーズに妥結するようになった。また、定年延長の要求に対し、理事会は、一九九四（平成六）年に六〇歳の定年退職後に嘱託として処遇するとの方針を出した。少子高齢化の社会の中で、高校卒業後に看護学校で勉強するような人たちが少なくなっており、定年延長は時代の流れでもあった。組合結成当初からの組合員は、退職年齢を間近にしている人たちもおり、継続して働ける道筋がついたことを喜んだのであった。

組合と理事会間で、十分ではなかったが、精神医療・看護内容の充実と労働条件の向上について、まがりなりにも団体交渉をしながら取り組む期間が続いた。団体交渉の際に、理事会は組合に対し、その年度の収支決算書の概要が記載された書面を渡した。しかし、詳細な説明はされなかった。それによれば、毎年医業収入は増加していたが、赤字決算であった。赤字の原因とその対策については、説明されなかった。また、看護師などの年齢や就業期間などを記載した書面を渡されこともあったし、毎年度の新入職員の初任給表も渡されていた。

理事会は、一九九八（平成一〇）年秋に新理事として村本氏を迎えた。彼は、病院経営者の親族の一人であり、銀行に長く勤務していた。村本理事は、病院の経営改善を目的として理事に就任したのであった。

当時、病院の新築工事中で、患者さんの新病院への入居時期は、二〇〇〇（平成一二）年三月末頃が目指されていた。畳部屋からベッドへ、部屋は多くても六人部屋へ、また、ベッドとベッドの間を空け、カーテンで仕切ることができるように、部屋の広さも確保したものだった。今までよりも衛生的で、また、患者さんのプライバシーも改善される病室だった。

職員も組合も、患者さんの入院がこれまでより良好になるだろうとの期待があったし、職場環境も改善されるだろうと期待した。

Y精神科病院時代――初任給の引き下げは、義務的団体交渉事項

村本理事が就任した翌年の一九九九（平成一一）年の春に、理事会は組合に事前になんの相談もしないで、数日後に新たに採用される職員について、その初任給額をこれまで職員に支給していた額よりも引き下げるという、初任給の一方的な引き下げ通告をした。

初任給については、医師、看護師、准看護師、レントゲン技師などの職種別にその額が決まっていた。新規採用者の基本給は、この初任給と、その新規採用者自身のこれまでの経歴に

応じた経験を加算するなどをして決定されていたのである。

一九九五（平成七）年度までは、これら基本給に前年度の定期昇給やベースアップ分などを加算することによって決定されていた。しかし、一九九六（平成八）年度以降から一九九八（平成一〇年）度までは、右肩下がりの経済情勢も反映してベースアップ分などを加算することなく、初任給額を変更しないことに組合も同意していた。

組合は、一九九九年度についても、組合内部討議では、ベースアップを断念することを検討していた。

ところが、理事会は、組合に事前になんの申し入れや協議をすることもなく、突然一方的に初任給の引き下げ通告をしてきたのである。据置きではなく引き下げであった。その引き下げ額は、二万円から六万円にもなる大幅なものだった。

竹子は組合の書記長として、直ちに「初任給の引き下げ」について団体交渉を申し入れ、数回の交渉がもたれたが、交渉は全く進展しなかった。

そこで、組合は、一九九九年四月に東京都地方労働委員会に対し、
①団体交渉に誠実に応じること
②新規採用者の初任給を従前通りとすること
③謝罪文の掲示をすること
を求める申し立てをした。

東京都地方労働委員会は、二〇〇三（平成一五）年八月に、組合の申し立てを認める命令を出した。その命令の中には、次の内容も書かれていた。

理事会が新規採用した者であっても、採用された後で、組合に加入していることを知らせた場合には、理事会は、その新規採用者の初任給額を、一九九八（平成一〇）年四月のベースアップ分を加算した金額とすること、である。

また、理事会は、東京都地方労働委員会の命令にしたがって、謝罪文を掲載した。その大要は、

「初任給引き下げについて団体交渉に誠実に応じなかったこと、また、組合に事前に協議することなく初任給を引き下げたことが、不当労働行為と認定されたこと、今後はこのような行為を繰り返さないことに留意する」

有給休暇をとって労働委員会の傍聴に参加していた組合員たちは、この命令を知ったときは、本当に嬉しくて喜びあった。理事会が組合になんの相談もなく、自分たちに関わる働く条件の重要な変更を決定して通告するということは、使用者と共に協議しあって、よりよい精神科病院を創りあげていくその大切な相手方である組合を対等な立場の者として認めないものと理解したからである。東京都地方労働委員会は組合の要求を真正面からうけとめ、判断してくれたのだ。

組合員たちは、組合の一員として活動する喜び、さらには、組合員として活動する誇りを全

身で感じたのである。

しかし、病院は、中央労働委員会に、東京都地方労働委員会の命令の取消しを求める申し立てをした。

中央労働委員会は、二〇〇五（平成一七）年一〇月に、東京都地方労働委員会の命令中、①団体交渉に誠実に応じること、③謝罪文の一部を削除して掲示をすることを、認めたが、②新規採用者の初任給を従前通りとすること、を認めなかった。

そこで、組合も病院も双方が、東京地方裁判所に提訴したのである。

裁判所における最大の争点は、組合が理事会に要求した「初任給引き下げ」を議題とする理事会の団体交渉拒否は、労働組合法第七条二号の「使用者が雇用する労働者の代表者と団体交渉をすることを正当な理由がなくて拒むこと」にあたるかどうか、であった。

理事会は、初任給額の決定は、使用者である理事会の裁量にゆだねられているなどと主張した。組合は、初任給額は、新卒者、中途採用者をとわず、すべての新規採用者の賃金の基礎となるものであり、次年度以降、在職者は採用年度の基本給に定期昇給分、ベースアップ分などが加算されて賃金が決定される仕組みである。このため、初任給引き下げ後に採用された職員が組合に加入した場合、初任給引き下げ前の組合員との間で賃金格差が生じ、同一職種内で異なる賃金水準の集団が存在することになる。また、病院が初任給について、組合との団体交渉を拒否することが続けば、組合の賃金水準に対する発言力や影響力が将来にわたり減少することになることなどを主張し、初任給額の決定は、使用者の義務的団体交渉事項であることを主張した。

東京地方裁判所は、二〇〇六（平成一八）年一二月に「使用者に対し、団体交渉が義務であると判断されるのは、団体交渉を申し入れた労働者の団体の構成員である労働者の労働条件その他の待遇、当該団体と使用者との間の団体的労使関係の運営に関する事項であって、使用者に処分可能なものと解する」などとして、組合の主張を認めなかった。

裁判所は、使用者が組合と誠実に団体交渉をしなければならない事項は、いわば、現に組合員の労働条件などに関することだけである、と判断したのである。

竹子たちは、この判決を書いた裁判官の法廷での態度から、判決が組合にとって不利となる可能性があることを予想していた。この判決文を読んだ時に、ヤッパリという感想があがった。

組合は、東京高等裁判所に控訴し、裁判所は、二〇〇七（平成一九）年七月に、組合の主張を認める判決を言い渡した。

「労働組合法第七条二号は、使用者が雇用する労働者の代表者と団体交渉をすることを正当な理由なく拒むことを不当労働行為として禁止しているところ、これは使用者に労働者の団体の代表者との交渉を義務づけることにより、労働条件に関する問題について労働者の団結力を背景とした交渉力を強化し、労使対等の立場で行う自主的交渉による解決を促進し、もって労働者の団体交渉権（憲法二八条）を実質的に保障しようとするものである。このような労働組合法第七条二号の趣旨に照らすと、誠実な団体交渉が義務付けられる対象、すなわち義務的団交事項とは、団体交渉を申し入れた労働者の団体の構成員たる労働者の労働条件その他の待遇、当該団体と使用者との間の団体的労使関係の運営に関する事項であって、使用者に処分可能なものと解するのが相当である。そして、非組合員である労働者の労働条件に関する問題は、団交事項にあたるものではないが、それが将来にわたり組合員の労働条件、権利等に影響を及ぼす可能性が大きく、組合員の労働条件との関わりが強い事項については、これを団交事項に該当しないとするのでは、組合の団体交渉力を否定する結果となるから、これも上記団交事項にあたると解すべきである」とし、さらに続けて「組合が春闘において賃金体系の確立及びそれにつぐものとして初任給額をめぐる労使間の交渉があり、病院においては、常勤職員の新規採用年度以降の基本給が初任給額に翌年度以降の定期昇給分、ベースアップ分などを加算することにより決定された初任給額がその後の賃金のベースになっており、初任給額が異なることで賃金格差が生じる恐れが生じ、初任給の大幅な減額が賃金の高い労働者の賃金を抑圧する有形無形の影響を及ぼす恐れがあるのみか、労働者相互の間に不満、あつれきが生じる蓋然性が高いこと、新規採用者が短期間のうちに組合に加入していたと認められることから、初任給引き下げは、将来にわたり組合員の労働条件、権利等に影響を及ぼす可能性が大きく、組合員の労働条件との関わりが極めて強い事項で、義務的団体交渉事項と認める」

東京高等裁判所は、組合員ではない人たちの労働条件については、団体交渉事項であるとは直ちに言えないが、組合員ではない人たちの労働条件が、将来にわたり組合員の労働条件や権利などに影響を及ぼす影響が大きいものであれば、団体交渉事項であることを認め、東京地方裁判所の判決を明確に否定した。

この判決内容は、新聞にも報道された。

しかし、理事会は、義務的な団交事項かどうかについて最高裁判所に上告し、最高裁判所は二〇〇八(平成二〇)年三月、上告を棄却し、東京高等裁判所の判決が確定した。

一九九九(平成一一)年の春から始まった労働委員会、裁判所での初任給額決定についての争いは、九年間にわたり、二〇〇八(平成二〇)年三月の最高裁判所の決定で終わった。

この高等裁判所の判決の意義は大きい。使用者側は、組合と団体交渉をしなければならない事項をできるだけ狭くしようとする。そうすることによって、使用者側はいわば自由勝手に労働条件を決めることができやすくなる。しかし、働く側からすれば、できるだけ広くしたいのだ。使用する側と働く人達は基本的に対等なのだ。対等に労働条件を決めることができるのは、労働組合があるからではないか。どうして働く人達が一人で使用者と対等に交渉することができるだろうか。

そして、高裁判決と最高裁は、労働組合の組合員でない人に関する労働条件であっても、それが、将来にわたり組合員の労働条件や権利などに影響を及ぼす可能性が大きくて、組合員の労働条件とのかかわりが強い事項については、使用者は団体交渉に応じなければならない、としたのである。

Y精神科病院では、初任給の引き下げは、一九九一（平成一一）年の新入職員たちに対し実行された。賃金の基礎となる初任給額が、二万円から六万円という大幅な引き下げだった。この引き下げによって、従来からの職員と新入職員たちという二系列の賃金グループができあがったことになる。このことは、賃金の高い労働者の賃金を抑える有形無形の影響を及ぼすこととなるだろう。また、新入職員たちは、賃金の高い労働者と同じ仕事をし、経験年数をいくら重ねても到達することができない賃金格差が続くことにもなる。このような賃金格差がある労働者が互いに信頼しあい、組合に団結することが可能なのだろうか。また、初任給を引き下げたあと、Y病院は職員を採用する時に、面談して給与を決定するようになっている。竹子が就職した時のようにである。あまりに引き下げた初任給額を基準にした給与額では、経験豊富な看護師たちは、就職するのをためらうだろう。労働条件としてもっとも重要な給与額が、理事者との個別面談で決定されることが続けば、組合に加入する必要性を感じるチャンスも乏しくなっていくだろう。そして、やがて組合に結集する力を弱くしていく可能性がある。使用者が労働組合と協議することもなく、一方的に初任給の引き下げをすることができるのであれば、それは、組合の団結権を弱めていく可能性もあるのだ。

竹子は、「初任給の引き下げ」という「労働条件に関する問題について労働者の団結力を背景とした交渉力を強化し、労使対等の立場で行う自主的交渉による解決を促進し、もって労働者の団体交渉権（憲法二八条）を実質的に保障しようとするものである」との判決の内容に感動した。

この判決の内容は、使用者が、労働組合と誠実な団体交渉をしなければならないとして、憲法が定める労働基本権の内容を豊かにしたものだ、と思った。

組合は、国内で同じように団体交渉を求めて頑張っている人たちを励ますことができる裁判をかちとったのだ。

この間、組合員は、夜勤などの通常の仕事をし、夜勤明けに労働委員会や裁判所に提出する資料づくりをした。あらためて組合結成当時からの資料集め、分析や討議を重ね、自分たちがしてきた患者さんの待遇改善と自分たちの労働条件の改善の要求が車の両輪であったことを再認識したのである。また、組合執行部の三、四名は、証人として証言もした。

しかし、この闘いの中で、組合員であることを辞め、あるいは、転職していった人もいる。九年間は、長かった。幼い子を抱えて職場と労働委員会や裁判所へ出かけなければならなかった。日々の生活時間をどのようにしていくのか、という問題から、理事会の組合に対する考え方を変えさせることができないストレス、自分の私生活の将来の夢や、理事会が変化する期待や夢を描くことが難しかった。

しかし、竹子は文字通り組合の書記長として働いた。それは、あの採用時の理事の言葉を何かと思い浮かべたからでもあった。「あなたにこんな賃金を出すということは、破格だから。人に言ったらダメですよ。秘密にするんですよ」。竹子はまさか、と思いながらも、理事のその言葉を一時、信じる気持ちがあったし、信じたい気持ちもあった。組合員同士で互いの賃金を見せあったとき、子ども二人をもった自分の賃金はそれなりのものだったことをハッキリ認識できた。竹子は、一時的でも理事の言葉を信じたいと思った自分がなんと愚かだったのだろうか、と自分自身を責めた。

また、初任給を一方的に切り下げられた時に、また、あの採用時に職員一人ひとりに同じような言葉を使って、賃金を決めていく昔に帰るのだと思った。事実、この闘いが続く中で、組合に加入はしなかったが新たに採用された人たちが組合に渡してくれた給与明細は、看護師などの同じ職種、同じ位の経験年数で、マチマチの年俸だった。

それにしても、と思う。村本理事は、初任給を引き下げる理由を、病院の経費の中で、みなさんの人件費率が非常に高い、この比率を下げます、と説明した。しかし、組合が新規採用された職員からもらった給与明細には、確かに初任給は下がっていたが、その下がった金額か、あるいは、それ以上の金額が様々な名目で支給されていた。結局のところ、病院の狙いは、高等裁判所が指摘したように労働組合の団結力を弱めることだったのではないか、と思うのである。

組合は、誰でも分かる明朗な賃金体系の確立を求め要求してきた。しかし、理事会との間で、明確な合意までできなかった。そこで、次善の策として、初任給の確定に力を集中してきた。初任給額を明確にすること、その上で、定昇、ベースアップ、経験年数加算をすること。そして、組合は、組合員の給与明細をあつめ、調査・分析をして客観的な体系に近づくことを目指してきたのである。そうすることによって、職員に対する理事会の恣意的な人事支配をやめさせ、職員間の風通しを図り、明朗な職場環境をつくることが、患者さんの待遇改善へつながるものと考えたからである。

一九九二年秋のバブル崩壊、そして、一九九七（平成九）年に三％から五％へと消費税率のアップ、労働者の正規職員の減少、非正規職員の増加と低賃金化が続いている。大企業の春闘では、ストライキ権の事実上の放棄など、闘う労働組合の姿はないと同然のように思える。

竹子は、石川啄木の「はたらけど、はたらけど　猶　わが生活（くらし）楽にならざりぢっと手をみる」の時代にもどってはならない、とあらためて思うのである。

精神の病をもつ人たちの基本的人権の発展

精神を病む人たちは、忌み嫌われてきた歴史がある。ある時には鎖につながれ、ある時には座敷牢に、あるいは、病院の閉鎖病棟に収容され、社会から隔絶された中で、一生のあいだ、おとなしく社会の平穏を乱さないように生きることを強いられてきた。

しかし、違うのだ。社会こそが、通常であるとか、普通であるとかいうあいまいな基準で、自分たちと違った機能の違いを過大視・不安視して、彼らに社会参加を許さなかったのだ。統合失調症と診断される人は、一〇〇人に一人（一%）と言われている。そうであれば特別な病気ではなく、誰かが引き受けなければならない病気ではないか。自分も病気になる可能性があるではないか。むしろ、病気を引き受けて下さった方々を大切に思うべきなのではないだろうか。

さらに、今日においては、精神を病む人々は増加傾向にある。

二〇〇八（平成二〇）年には、国民の四〇人に一人にあたる三二三万人の人々が「心のクリニック」、「心療内科」、「精神科」などの精神医療機関を受診している、と言う。この内「うつ病」と診断された人は一〇〇万人を超えている、と言う。会社や学校など自己責任を強調した社会生活の中で、人々は激しい競争を強いられ、他人にも相談できないまま過ごしている場合が多くなっているのだろう。そして、精神的にキツキツの生活を強いられて、うつ状態となり、ひいては、うつ病などになって、精神の病をもつ人々を増加させているように思える。現代は、誰でも精神を病む可能性がある、と強く言える時代なのだ。

昔から精神を病む人たちの自殺率は高いと言われてきたが、一〇〇万人を超えるうつ病を病む人たちがいる中で、自殺を図る人の数が一層増加している。一九九八（平成一〇）年以降の年間自殺者数は三万人を超えている。しかし、この数字をそのまま信じるわけにはいかない。なぜなら、この数字は、自殺を図り二四時間以内に死亡した人の数であって、二四時間をすぎて死亡した人の数を加えていないのだから。

この自殺者数は、先進国といわれる国々のトップであり、日本全体の死亡者の四〇人に一人の割合になっている、と言う。国は、二〇一一（平成二三）年七月に、精神疾患は、ガン、急性心筋梗塞、脳梗塞、糖尿病と並ぶ国民の「五大疾患」と位置づけた。国も精神の疾患を国民病として認めたのだ。

この間に、精神科病院は変化してきた。その最大の原因は、入院患者さんの減少であろう。精神科病院に長い間、いわば収容されていた患者さんたちは高齢化し、あと一〇年ほどで半減するだろうとの予測もある。また、国も精神医療政策を変更してきたこともある。そのような結果、病院を建て替えるときなどに、ベッド数を減らす一方、医師や看護職員の大幅な増員、急性期の患者さんの受け入れや、在宅患者さんのための外来の強化、さらに、リハビリや社会復帰の取り組みの強化などをしている。

しかし、精神科病院の変化だけでは、患者さんの基本的人権の保障は困難なのだ。世界の精神医療のあり様から比較すると、日本は、入院中心と指摘せざるをえない。病院生活から地域生活へ、そして、そこで、他の病気を患う人たちと同じように社会参加し、一人ひとりの「幸福追求権」が保障されることが希求されるのだ。

二〇〇六（平成一八）年一二月に、国連で、障害者権利条約が採択され、二〇〇八年（平成二〇）五月に発効した。日本では、二〇〇七（平成一九）年九月に条約に署名したが、二〇一二（平成二四）年四月時点では、未だ批准をしていない。

憲法一四条は「すべて国民は、法の下に平等であって、人種、信条、性別、社会的身分又は門地により、政治的、経済的又は社会的関係において差別されない」と定める。この平等の権利は、いままでその内容を豊かにしながら発展してきたし、これからも発展していくだろう。

例えば、社会の中で女性に対して、若年定年制をはじめ、雇用の場で多くの差別があったし、現在も事実上ある。しかし、女子に対するあらゆる形態の差別に関する条約、いわゆる女子差別禁止条約は、一九七九（昭和五四）年に国連で採択され、日本では一九八五（昭和六〇）年に批准した。また、子どもの権利に関する条約については、一九八九年に国連で採択され、日本では一九九四年に国会で承認された。

これらの国内の人権についても、まだまだ課題が多い。しかし、改善の法的足がかりはあるのだ。

そして、やっと、障害がある人たちの権利について、国際的な条約ができた。

障害とは、社会が精神や知的、身体などの機能上、日常生活をおくることに不自由がある人々に対し、社会参加を拒絶し、あるいは参加することを困難にする壁を作っているのである。社会参加できるような積極的な政策と社会参加を可能にする設備が必要なのだ。

このような客観的な社会事情の変化と、国際的な人権状況が、国内の障害がある人たちの行動を勇気づけている。

二〇一〇（平成二二）年に、精神科医師や全国精神障害者団体連合会、障害がある当事者、その家族が委員となって構成された「こころの健康政策構想会議」が設置され、二〇一〇（平成二二）年五月に「精神保健医療改革の実現に向けた提言」を発表した。

この提言の重要な原則の一つは、当事者や家族をはじめ国民のニーズを主軸にすえた改革である。権利の主体者の要求を基本的視点として出発するというものである。これまでの日本の精神科医療は、重症化した患者さんを入院させる、そして、大量の薬物を投与することが中心だった。しかし、重症化する前の病みはじめた軽症のときに、地域で適切な対応がされるならば、入院は不要となる。

そのためには、医療や保健をはじめとする福祉サービスに携わる人たちが、患者さんや家族のいる場所を訪問することができる体制が必要だ。

提言は、「待つサービス」から「出向くサービス」へと表現している。

また、三つの精神医療改革を掲げている。その概略は、

①多職種チームやアウトリーチの実現
②救急医療の充実
③専門医の普及

である。多職種チームやアウトリーチの実現とは、外来でも入院でも、必要に応じて医師や看護師、精神保健福祉士、社会福祉士などのおおくの職種の人がかかわるチーム医療を提供することで、全人的医療が実現できる。また、医療が途切れがちな患者さんへのサービスの継続、社会的入院といわれる患者さんの地域への移行、年齢に応じた就学や就労の援助など、在宅中心の医療を進めることができる、と言う。

「こころの健康政策構想会議」は、その後、「こころの健康政策構想実現会議」と名称を変えて、「こころの健康基本法」（仮称）の制定を求める運動を広げている。また、超党派の議員が精神医療改革を目指して、「こころの健康推進議員連盟」を二〇一一（平成二三）年一二月一日に結成した。二〇一二年五月には「こころの健康を守り推進する基本法」（仮称）と、精神

保健医療の改革を求める「意見書」についての自治体議会の採択数は二二六議会で、その住民数は七四二六万人達するまでになった。

竹子は、思うのだ。竹子が望んでいた精神を病む人たちへの支援体制の骨格が社会的に広く討議され、具体的な提言がされるまでになったのだと。

提言に書かれているような体制を充実させることによって、日本の精神科医療の抜本的改善がはかれるだろう。日本の精神科病院のベッド数は、三五万と言われる。世界のそれは一六二万床と言われるから、なんと日本のベッド数は世界の二二％も占めている。先進諸国は、人権保障の観点を主な理由として、地域医療へ移行し、わずかに急性症状に対応する二週間程度の急性期の病床を維持している。日本の精神科病院は、Y精神科病院も含めて慢性期の患者さん中心の入院である。

また、この間に、障害者自立支援法にかかわる運動も、患者さん本人とその家族が参加することによって、大きく広がった。そして、障害者自立支援法の廃止を求めた違憲訴訟の原告団・弁護団は政府と二〇一〇（平成二二）年一月七日に基本合意書を取り交わした。

その合意書では、障害者自立支援法廃止の確約と新法の制定が合意され、また、障害者自立支援法制定の総括と反省がされたのである。

その内容は、「国（厚生労働省）は、憲法第一三条、第一四条、第二五条、ノーマライゼーションの理念に基づき、違憲訴訟を提訴した原告らの思いに共感し、これを真摯に受け止める」というものである（ノーマライゼーションとは、障害がある人々が社会から差別をうけることなく、他の人々と共に生きる社会が本来のあり方である、との意味）。

また、「国（厚生労働省）は、障害者自立支援法を、立法過程において十分な実態調査の実施や、障害者の意見を十分に踏まえることなく、拙速に制度を施行するとともに、応益負担（定率負担）の導入等を行ったことにより、障害者、家族、関係者に対する多大な混乱と生活への悪影響を招き、障害者の人間としての尊厳を深く傷つけたことに対し、原告らをはじめとする障害者及びその家族に心から反省の意を表明するとともに、この反省を踏まえ、今後の施策の立案・実施に当たる」とされている。

しかし、合意された「障害者自立支援法」の廃止ではなく、「障害者総合支援法案」がつくられ、二〇一二年四月時点で、国会で審議中である。

精神を病む人たちをはじめとする障害がある人たち自身が不当な社会的差別をなくすことを求め行動し、大きな共感と支持を広げている。

竹子は思う。人間として生きるということは、食事をし、排泄し、寝ることだけではない。互いに他人や社会の中でかかわり合って、心を寄せあい、助けあい、協力しあいながら、自分を見つめ、育てていくことでもある。そして、自ら育てつつある自分は、さらに他者との結びつきを深め、社会とのかかわりも深めていくだろう。その深まりが自分自身を、他者を、社会をより豊かな人間関係や文化を作り上げることに通じていくのではないだろうか。

　障害とは、社会が大きな壁を作ってきた結果でもあるのだ。その壁を取り払うことは簡単なことではない。しかし、障害がある人たち自身が力強く生きるために動いている。その動きは、すこしずつ新たな人を巻き込みながら、しだいに大きくなっている。必ずその要求が認められる社会を、つくりあげるに違いない。

　現在のY精神科病院の組合は、職員の半数が組合員であった時代とは違うが、組合員以外の人たちの協力や支持もあって、活動を続けている。それに、新しい仲間が入って来ているではないか。よりよい働きやすい職場をつくっていきたい、患者さんの処遇をもっとよくしていきたい、という要求や願いは、途絶えることがないのだ。

　竹子は、Y精神科病院を退職したあとも、なお、組合の書記長として仕事をしてきた。しかし、その仕事も二〇一一（平成二三）年一〇月で辞め、現在は執行委員として組合活動を続けている。


　竹子は、一人の人間として、組合の活動を続ける者として、精神を病む人々の苦しみ、さびしさ、悲しさ、そして絶望を受けとめ、その人たちが、それらの苦しみから抜けでて、共に、この社会の中で生きていくことができるように、これからも希望をもって活動を続けよう、と思う。それこそが、また、あの母が願ったことでもあるのだから。

5

首《しゅ》肯《こう》（うなずく）

新宅正雄

辺りは薄暗い。路地の曲がり角で、二人の人影が共に倒れた。小物が散乱した。人影が走った。起き上がった人影は叫びながら追いかけた。その後を数人の人影が追いかけた。追われた人影は左方向に曲がったとき、進行方向から来た人影と正面衝突し共に倒れた。握っていた財布がばらけてコインが散乱した。二人の人影は互いに見詰め合っていた。追手が叫びながら近づいてくる。人影が走り去った。財布とコイン一枚が残された。追手の者達は、倒れていた人影を囲んだ。

辺りは薄暗い。男が中央の椅子に掛けている。男の額の左上から右下に直線状の蚯蚓腫《みみずばれ》のようなものが見えた。前方と両脇に数人の人が居る。後方には多数の人が居る。両脇にいる人々が交互に何か言い、男に尋ねている。男は無言である。財布とコインが掲げられた。更に男に質問がされた。しかし、男は無言であった。後方から人々の叫ぶ声がし、騒然となった。前方の中央に居る黒い衣装の男が木槌を叩いて叫んだ。辺りは静まった。

黒い衣装の男は、蚯蚓腫の男に尋問した。この財布は誰の物か。しかし、答えはない。更にこのコインは誰の物かと尋ねた。答えはない。しばらく沈黙が続いた後、男は私の物ではないと答えた。黒い衣装の男は、財布とコインを手にしていたことは事実かと尋ねた。男は頷いた。どこから入手したのかと尋ねたが、答えはなかった。

後方の人々の声が聞こえた。あいつだ。酒を飲んで、口論し、よく喧嘩していた。まだ若いのに。これでは有罪だ。黒い衣装の男は、再び木槌を叩いて叫んだ。辺りは静まった。

その時、後方から人影が中央に進み出た。若い男のようであった。男は何か叫んだ。辺りは騒然とした。何言っているんだ。俺がやったと言っているぜ。誰だ。庇っているのか。

黒い衣装の男が木槌を叩いて叫んだ。辺りは静まった。黒い衣装の男は、蚯蚓腫の男に尋ねた。今進み出た若い男を知っているか。

男は知らないと答えた。更に会ったことがあるかと尋ねた。男は初めて見たと答えた。進み出た男は数人の男に連れられて退出した。

黒い衣装の男は、尋問を続けた。財布を持って逃げたのかと尋ねた。男は、頷いた。黒い衣装の男は、男を見つめ、有罪を宣告し追放を命じた。そのとき、白い粉雪のようなものが辺り一面に降り注いだ。

有栖弁護士は、ぞくぞくと震えて眼が覚めた。体中が冷え切っていた。慌てて暖房のスイッチを入れた。文献を読んでいて、遅くなり、午前四時頃、事務所の床に新聞紙を敷き、六法全書を枕にして寝たのであった。まだ夜は明けていない。

有栖弁護士は、読みかけの文献を再度読み始めた。ある文献によると、契約成立の契機は、呪術的言動で示されることもあるという。「握手行為」、手を打って「締める」、「かための杯」を交わすなどであり、江戸時代の武士の約束では、「金打（きんちょう）」として刀の刃や鍔を打ち合わせる行為だったりする。契約書に署名押印するのも契約意思の表明の具体的徴憑を示すものとされる。江戸時代の裁判についての文献は、他の証拠があっても罪を認める意思がなければ罰することが出来ないという。

法源に関する文献は、「身分から契約へ」とする発展論があるが、身分制度の原点は「服従への合意」であって、制度を覆すことが進歩であると履き違えてはならないという。有栖弁護士は文献から目を離し、「服従への合意」と呟いた。何かが想起された。夢を見たように思った。思いを巡らした。しかし、暗い空間に白い粉雪のようなものが一面に降り注ぐ残像が浮かぶだけであった。

6 残照

新宅正雄

右足が砂に触れたとき、川の水が腹の辺りまで溢れ、体が浮いた。哲雄は恐怖で声が出なかった。兄の寿夫は素早く哲雄の左手を掴んだ。二人とも深みに引込まれそうになったが、寿夫は堪えて手を離さなかった。辛うじて流されずに済んだ。二人は、不老川を渡り向こう岸に行こうとしたのである。

母親の呼ぶ声で、寿夫と哲雄は、家に駈け戻った。ラジオの電波が途切れながら「古橋一四五〇のターン、つづいて橋爪ターン……」「世界新記録……」と早口で絶叫していた。昭和二四年八月、ロサンゼルスオリンピックの水泳の実況放送である。夕べの食卓に歓声がわいた。

寿夫は、昭和四五年八月一一日に三〇歳の誕生日を迎えた。結婚五年目でもあり、雄太が生まれ四歳になる。この日、東京都は光化学スモッグ予報を始めた。関東地方は、高気圧におおわれて気温が高くなり、東京都内は光化学スモッグが発生しやすい状態にあると報じている。寿夫は、妻の聖子に見送られて、何時ものように不老川橋を渡り、バスと電車を乗りついで都心の勤務先に向かった。

お盆には、哲雄が実家に帰ってきた。明美と結婚して二年目であり、生まれて九カ月の絵梨が明美に背負われて来た。家族一同が揃うと、皆で、縁側から不老川を見ながら夕涼みをした。

父親の勝雄は、川の流れる音を聞きながら、二十歳の頃を思い出していた。外灯が高田馬場駅前の人だかりを照らしていた。哀愁を帯びた口笛が聞こえている。人だかりをかき分けて中に入ると、露天商の骨董屋があった。口笛はそこにあった仏像から聞こえている。年配の女性店主が勝雄に気づき「呼んでいるんだよ」と購入を勧めた。急に興ざめして、その場を去ったものの、翌日、思い直してその仏像を購入した。これが骨董品収集の始まりであった。勝雄は骨董店に勤めるようになり、店番をしながら古美術に関する知識などを学び、その後、小さな店を開いたのであった。

寿夫と哲雄は、光化学スモッグの話をしていた。やはり、都心では、目がチカチカするという。自動車の排気ガスなどに含まれる窒素酸化物などが原因だそうだ。

お盆が終わり、哲雄の家族は家に戻っていった。哲雄には、母親が疲れていたように思えた。その後数ヶ月して突然母親危篤の知らせを受け、哲雄は駆けつけた。既に息を引き取ったあとだった。哲雄が近づくと、母親の目が開いたように見えた。勝雄と骨董品の壺を観賞していたとき、急に頭が痛いと言い出し倒れたらしい。くも膜下出血であった。葬儀が終わると、家の中は急に静まり、皆黙って、不老川を眺めていた。

その夜、皆、川の字になって眠りに就いた。勝雄は、不老川の流れに耳を傾けていた。川の流れの音が遠くなった。やがて、大きな炎のリングが遠くに見えた。その中に人の影がくっきりと見えた。亡くなった母親の影のように思えた。炎のリングに引き込まれるように接近した。自宅が見えた。寿夫と哲雄が見えた。声が聞こえる。言い争っているようだかよくは聞こえない。「どうした」と声を出した瞬間に眼が醒めた。


哲雄は、昭和四八年四月、大阪に転勤となった。石油ショックによる不安や排気ガスによる大気汚染の対策として、各自動車メーカーは、電気自動車の開発を進めた。哲雄の会社も電気自動車の開発を進めた。哲雄も忙しくなり、実家でお盆を迎えることも少なくなった。

寿夫は、役所に勤めていた。役所の仕事に不満はないが、もの足りなさを感じていた。


平成一〇年七月の休日、寿夫は、ベルサイユ投資会社の木下と名乗る者から「間違いなくお金が増えます」などという電話勧誘を受けた。半信半疑であったが、興味がわいた。

新宿駅付近の喫茶店で木下に会った。木下は、「必ず儲かるので二〇〇万円は出して欲しい」「絶対、二〇〇万出せば四〇〇万円になる」「九月まででお金は全額返還される」と言った。木下という男が母方の伯父の風貌に似ていたので、親しみを感じた。伯父は、株取引などで財産を築いていた。寿夫は試しに二〇〇万円だけ出してみることにした。海外先物取引契約を締結し委託保証金二〇〇万円をベルサイユ投資会社宛てに振込んだ。さらに、木下が電話を掛けてきて「あと一〇〇万円出したら二〇〇万円になる」と言われ、更に一〇〇万円を振込んだ。

契約締結後、数日して、木下は新宿駅付近の喫茶店で先物取引のリスクの説明を始めた。寿夫は、よく理解が出来なかったが多少のリスクはあり得るだろうと気に止めなかった。九月中旬、寿夫は、木下から「ずっと上がっているね」との電話を受け、「収益は合計八〇〇万円位だ」と言われた。更に、木下は、二〇〇万円を振り込むよう求め、寿夫は言われるまま二〇〇万円を振り込んだ。たちまち投資は多額になった。ところが、平成一一年九月、木下から「儲け分がなくなった」「読みが外れた」と知らされた。寿夫は、事態の深刻さに足がすくむような恐怖を感じた。

寿夫は、せめて委託保証金二〇〇万円は取り戻したいと思った。しかし、木下は、「なんとかするから」「五〇〇万円位にはもどせるから」「もう少し預けてくれ」と言って、寿夫の返還請求に応じなかった。木下は、委託保証金残は五〇万円位だと言っていた。寿夫は、その五〇万円だけでも返してほしいと頼んだ。しかし、木下は「そんな少ない額では返せない」「今返したら損」「増えてもいないし、減ってしまっているので、こんなんでは申し訳なくて返せない」と言って返還を拒んだ。

寿夫は、ベルサイユ投資会社に委託保証金の返還を求める書面を郵送した。しかし、なかなか回答がなく、自分の迂闊さを悔やんだ。数か月して、木下から連絡があった。「今度は大丈夫」「よく勉強したから」と言って、新たな先物取引を勧めてきた。寿夫は、自分の預貯金だけではなく、管理していた父親の預貯金まで取り崩していた。何としても損害を取り戻さなくてならない。今度は自分もよく勉強してやろうと思い始めた。

哲雄は、平成一三年七月、勤務先の食堂で昼食をとっていたとき、明美から電話がきた。寿夫から父親が亡くなったと知らせがきたという。父親は駅で転倒したため入院していたが、急に衰弱して亡くなったという。哲雄は、急遽、妻と絵梨とともに羽田行の飛行機に乗った。実家に帰ったのは数年来であった。哲雄は、父親が「落語全集」を購入し、聞いていたことを思い出した。通夜は、近所にあるお寺で行われた。享年八六であった。

四十九日を過ぎたころ、哲雄は、寿夫から話があるとよばれた。勤務先と日程調整して、実家に帰った。寿夫がテーブルに遺言公正証書を出した。哲雄がめくると、財産のすべてを寿夫に相続させると書かれている。哲雄は驚いた。遺産のことなど考えたこともなかった。しかも、寿夫にすべての財産を相続させるとの遺言が信じられなかった。改めて兄の顔を見つめた。兄の顔は、無表情であった。兄嫁は表情を固くしている。しばらく会っていないうちに兄が変わったように思えた。哲雄は何も言わず、遺言公正証書の写しを貰って帰った。

しばらくして、もとの東京の職場に転勤することになった。送別会や引越し、歓迎会などが一段落した頃、妻の明美に公正証書遺言を見せた。妻は友人が法律事務所の事務をしているといい、その法律事務所を尋ねることを勧めた。代々木駅前にある事務所だった。有栖弁護士が対応してくれた。話を聞いた有栖弁護士は、遺留分減殺請求権の説明をした。

「本来、自分の財産をどう処分するかはその人の自由なんです。しかし、この遺言書のように、相続人のうちの誰かにすべての遺産を贈与する旨の遺言を作成することがあります。これを包括遺贈と言いますが、この公正証書遺言もお兄さんに対する包括遺贈が定めたものです。そうすると、他の相続人は、法定相続分すら侵害され生活が困難になることがあります。そこで、民法は、そのような相続人に対し最低限度の相続分を保障するため、被相続人の兄弟姉妹以外の相続人に遺留分権を認めているのです。寿夫さんと哲雄さんの法定相続分は、二分の一ですから、その二分の一である四分の一が遺留分であり、その分を寿夫さんに請求できます」

有栖弁護士は、遺留分の説明をした後、念のため、公証役場で公正証書遺言を検索してみてはどうかと言った。他にも公正証書遺言が作成さているかもしれないというのである。

哲雄は、相続人であることを証明するため戸籍謄本と身分証明として運転免許証を見せて、公証役場で検索を依頼した。二通の遺言書が検索された。一通は今回寿夫に見せられたもの、他の一通はそれよりも数年前に作成されたものであった。それには二分の一ずつの分割となっている。哲雄は、すぐに有栖弁護士に連絡し、代々木の事務所に行った。有栖弁護士は、遺言は後で作成されたものが有効でそれと異なる過去の遺言は撤回されたことになると説明した。

有栖弁護士は、二つの遺言の筆跡を比較し始めた。寿夫に見せられた遺言書に記載されている勝雄の署名は、弱々しく、崩れていた。有栖弁護士は、父親が認知症ではなかったかと質問してきた。しかし、哲雄は大阪に転勤になってから数年は父親に会っていない。そこで、父親が入院していた病院のカルテを取寄せることになった。勝雄の遺族であることを証明する戸籍謄本と自動車の免許証を提示して、カルテの謄写を依頼した。

哲雄は、有栖弁護士とカルテを見た。そこから分かったことは、心臓の病気で通院していたこと、通院中、駅で転倒したため、同じ病院の外科に入院したこと、入院後しばらくして、物忘れが多くなり、念のため検査したところ、認知症であることが分かり、その治療もしていたことなどであった。

哲雄は、有栖弁護士と一緒に勝雄の主治医であった鈴木医師を訪ねた。鈴木医師は、父親が入院後、しばらくしてから認知症が進んだといった。財産に関する判断能力は、困難な状況にあったと思われるが断定はできないと話していた。有栖弁護士とは改めて打ち合わせをすることにして帰宅した。

哲雄は考えた。寿夫が父親の認知症を知りながら自分に有利な遺言書を作成したのかと。信じがたいことであった。しかし、自分は、父親を寿夫にまかせっきりにして、父親に会いに来ることもなく、大阪に行ったきりであった。父親の最後を見届けることも出来なかった。父親の傍で面倒を見てきた兄に負い目を感じている。哲雄は混乱していた。明美は哲雄の話を聞くだけでなにも言わなかった。哲雄は調停や裁判も考えた。しかし、兄弟で争うことは避けたいとも思った。考えはまとまらない。

哲雄は、寿夫を訪ねた。仏壇に父親の遺影がみえる。哲雄は、寿夫に二通の公正証書遺言を差し出した。こちらの遺言書には、兄さんにすべての財産を相続させると書いてあるが、そのとき親父は認知症だったのではないかと聞いた。寿夫はよく分からないという。哲雄は、父親の預金通帳を見せて欲しいと言った。寿夫は仏壇から預金通帳を取り出して、差し出した。哲雄は残額を見た。残額は数百万円であった。平成一〇年九月ころから多額の引き出しが目立っていた。哲雄はこんなにお金を引き出したのはどうしてかと聞いた。寿夫は父親がどうして引き出したかは知らないという。哲雄は、預金通帳は誰が管理していたのかと聞いた。

寿夫は強い口調で言った。俺が管理していた。父親の物は俺のものだ。この家の長男は俺だ。俺がこの家と墓を守る。

哲雄は唖然とした。兄とは思えない。別人のようだ。戸惑いと怒りが交じり、言葉が出ない。やっと「長男だから遺産の独り占めが許されるのか」と叫んだ。寿夫は、長男としての立場と母親と父親の面倒を見てきたことを繰り返し、怒鳴るように言った。哲雄は反論したが、次第に怒りが込み上げ、何を言っているのか分からなくなった。

哲雄は、有栖弁護士を訪ね寿夫と喧嘩したことを伝えた。有栖弁護士は、「様々な相続事件を受任して思うのですが、遺産は、遺産そのものだけでなく遺産以外のものを遺すものだと思うようになりました。遺産以外のもの。宿題または課題です。ある相続人に遺産は俺のものだという欲望が生まれ、他の相続人に憤りが生まれ、欲望と憤りがぶっかることもあります。親族間の愛憎が激しく惹起されます。この事態をどうするのか。これが宿題であり、課題です。お父さんは遺産を遺すことで、さぁ、息子達。この遺産とこの遺言書を見て、どう対応するのだと言っているのかもしれません」と話した。哲雄は、有栖弁護士の話を聞きながら、寿夫との喧嘩を少し距離をおいて振り返っている自分に気がついた。

有栖弁護士は、仮に調停や裁判をするにしても、残っている遺産があるかが問題だという。父親名義の他の預金を調べることも可能であるがどうするかと聞いてきた。しかし、これ以上兄の行状が明らかになることも躊躇された。有栖弁護士のいう「宿題」に対しどう対応するか、何度も揺れた。決められず、次回の打ち合わせ日時を決めて事務所を出た。

数日後、哲雄は有栖弁護士を訪ねた。哲雄は、寿夫と言い争ったことを伝え、「兄に対する怒りが消えないので調停や裁判で争うことも考えました。その方が白黒がつきはっきりすると思いました。しかし、兄と争うことを避けたいと思う気持ちも押えきれないのです。今後、兄との付き合いがどうなるか分かりませんが、調停や裁判をすることは断念しようと思います」と言った。有栖弁護士は「そのような選択をされる方もいます。調停や裁判をしたとしても、またしなかったとしても、何時の日か、相続問題は一つの試練であり、それを乗り越えたと思える時が来ると良いですね」と応えた。哲雄は、それはどんな時なのだろうかと思いながら、有栖弁護士に形見分けをするよう兄に要請して欲しいと依頼して事務所を出た。

帰宅すると、テレビには、ニューヨークの世界貿易センタービルに旅客航空機が激突する状況が映し出されている。一瞬何かのドラマかと思ったが、現実であることを知って、慄然とした。平成一三年九月一一日のことであった。


哲雄は、平成二二年八月、小高い丘の上にある父親の墓参りに来ていた。丘の上からは、寿夫が住んでいる実家が見え、その先に不老川が見える。お盆が過ぎてからの墓参りは、寿夫と顔を合わせないためである。相続の問題があってから兄弟の年賀状のやり取りもなくなった。

父親の勝雄が亡くなって九年になる。哲雄は、長年勤めた会社を定年退職していた。何時の頃から、哲雄は胸に苦しさを感じていた。気になるので病院で診察を受けた。心臓を検査するので入院が必要と言われた。父親と同じ病気らしい。入院は初めてであった。

看護師に車椅子を押されて検査室に入った。車か何かの整備工場のようであり、様々の機器が置かれ、検査する人たち一〇名位がそれぞれの場所で待っていた。若い人たちだった。中央のベッドに横になると、左腕の動脈に注射の針が挿入された。麻酔の措置をしたはずの左腕に激痛がして数分後、左の心臓の上あたりから熱風のようなものが体を駆け抜けた。造影剤が入りましたという声が聞こえ、分からない単語が飛び交った。検査中、哲雄は、有栖弁護士との会話を思い出していた。

二日間の検査が終わり退院した。哲雄は、テープの落語を聞き始めていた。父親の形見の「落語全集」に収録された一〇本の録音テープのうち五本を形見分けで貰っていたのである。落語家の語りに癒されるようで心地よかった。三本目の録音テープの演題は「松竹梅」であった。耳を傾けていると突然、父親の勝雄の声がテープから流れた。「俺は最近物忘れが多い。忘れないうちに言う」と話し始めた。勝雄の青年時代と妻の良子との出会いを話し、「寿夫や哲雄を授かった」と言って、寿夫や哲雄の誕生と幼児期のことを話していた。三〇分程して、「この録音テープは寿夫と哲雄が二人で聴いて欲しい」と言って終わっていた。

哲雄は、おそらく、父親が録音テープを再生させ落語を聞いているうちに、急に自分の気持ちを伝えようとして、録音に切替えたのであろう。それにしても、こんな形で父親の心情を知ることになろうとは思わなかった。父親は家庭では無口であった。父親は、遺産や公正証書遺言については一言も話してはいなかった。その父親が、ひたすら、家族のことを話している。父親の家族への思いが心に染みるように伝わってきた。兄を訪ねることは気が進まなかったが、父親が兄と聴いて欲しいというのであれば、その願いをかなえてあげたいと思った。

秋風が吹く頃、哲雄は明美と絵梨を連れて、父親のテープを持って実家に出向いた。哲雄はためらいがちに呼び鈴を押した。玄関を開けた聖子は驚きと微笑で招き入れてくれた。雄太と絵梨は会釈し、哲雄と寿夫はぎこちなく挨拶した。哲雄は、すっかり老人になっている寿夫の姿を見た。老いたその顔は母親に似てきたと思った。哲雄は「これに親父の声が入っていたんだ。二人で聴いてくれと言っている」と、録音テープを差し出した。

雄太が川の見える縁側のテーブルにテープデッキを置き、スイッチを押した。勝雄のかすれた声が部屋に広がった。哲雄と寿夫は、妻と子ども達に囲まれ懐かしいその声を聞いた。向かい合っていたその視線は、不老川に向けられていった。

7

博司《ひろし》の四年後

久保木亮介

起訴状が届いたことを弁護士に伝えた後で、山田博司は続けて言った。

「裁判は別の弁護士さんに頼みますので。お世話になりました」

電話の向こうで弁護士が「えっ……」と絶句した。博司は事故のあと伯父の紹介で初回の相談に行った時の弁護士の自信ありげな態度を思い出していた。「普段は企業法務が主な仕事ですが、刑事事件もこなしますよ」とか言ってたっけ。四〇代後半。高そうなスーツに靴。もっと高そうな腕時計。何の役にも立たなかったな！　いきなりクビになる気分を少しは味わうといい。

「でも山田君、死亡事故だし起訴猶予はもともと厳しかったんですよ。前方不注意を認めて、判決までに遺族との示談を成立させれば、執行猶予は確実ですから。引き続き私に任せてもらえませんか」

偉そうに「君」呼ばわりされるのは、もううんざりだ。

「俺、不注意なんかじゃなかったです。何度も言ったと思いますけど。裁判では無罪だってちゃんと主張したいんで、そういう方針で弁護してくれる先生を探します」

感情を押し殺したつもりだったが、伝わった。声の調子が冷淡なものに変わった。

「ふーん……裁判官の印象が悪くなるだけだと思いますけどね。何度も言ったと思いますけど。まあ分かりました、山田君がそう言うなら、どうぞご自由に。私はここで降りさせて頂きますよ。起訴猶予を実現できなかったので、報酬は結構です。ではお元気で」

何か言い返したかったが、その前に電話は切れた。

受話器を置いて、一人取り残されたような気分で、部屋を見渡す。まだ午後も早いのに、北向きのアパートは薄暗くて、そのくせ蒸し暑い。大学卒業いらい同棲していた栄子が五月に出て行ってから放ったらかしだった台所の流しの皿が、嫌な匂いを発している。

覚悟はしていたが、起訴されたという事実はやはり応えた。何もしないで居ると、次第に重苦しい気分がのしかかって来る。畳の上に散らかった雑誌を重ねて、新聞紙をたたんで、それから台所に溜まっていた皿を洗い始めた。

何でいまこれをやる必要があるんだ？　起訴されたんだぞ。俺は「被告人」だぞ……まあいいや、何かすることがあった方がいいんだ、こんな時は。

不安と怒りで混乱した気分が少しだけ軽くなる気がして、博司は一心に皿洗いを続けた。


事故が起こったのは一年前、九月上旬のことだった。

博司は、務め先のA社から自宅アパートに向かい、幹線農道を北に向かって走っていた。午後の五時半頃で、空はまだ明るく、東はＩ川の土手まで百数十メートル、西は住宅街まで数百メートル、稲刈りの終わった田圃《たんぼ》が広がる。

数百メートルおきに、幹線農道と直角に交わる形で、支線農道が東西に走っている。もっとも、信号のある交差点は一つもないし、支線農道から交差点に入る車やトラクターは、一時停止線の前で必ず止まり、幹線農道から交差点に進入してくる車がないことを確認してから交差点に入ってくる。道路上の優先関係がはっきりしているので、幹線農道を走る車は高速のまま走り続けることができる。

そんなわけで、最高速度規制時速四〇キロの標識を守って走っている車など皆無であった。幹線農道といっても道幅は六メートルもなく、すれ違う車両との距離はわずかだ。それでも多くの車が、時速七〇～八〇キロ位で飛ばしてゆく。広大な田圃の中を南北に数キロ真っ直ぐに伸びる幹線道路が、ドライバーの気分を高揚させるのだろうか。小型トラックやバイクもひっきりなしにすれ違う。道路わきのあぜ道に立てられた「事故多し！　注意！」の看板が全く効果を上げていないことは明らかだった。

博司は、今の仕事についてから二年余り、行き帰りに幹線農道を走る時は特に慎重にゆっくりと走るようにしていた。そのため、しょっちゅう後続車から追い越されたり煽《あお》られたりしていたが、気にしなかった。学生時代に高速道路での自動車事故を間近で見たことがあったからだ。博司の車を猛スピードで追い越していった車の姿が、視界の先に消え、しばらくして大きな音がし、煙があがった。現場横を通りすぎると、あの車が道路右のガードレールにひしゃげて突っ込んでいた。巻き添えになったバイクが数十メートル先に横たわり、近くにドライバーが倒れていた。左手と両脚が不自然な方向に曲がったまま ぐにゃりと横たわるそれは、もう生命のない物体だった。無茶してスピード上げて、あんな風に死んだり死なせたりするのは、馬鹿げている。

その日もいつも通り、時速五〇キロ程度で幹線農道を北上していた博司は、まだ随分先にある支線農道を東から進んできた白い小型トラックが、交差点の手前で一時停止したのを見た。小型トラックの後ろにもう一台、乗用車が続いて停止していた。

博司の車に先行して北上する車両は、遅く走る博司の車を引き離して、すでに交差点を過ぎていたが、南下してくる対向車が多く、交差点を直進して次々とこちらに向かってくる。対向車が途切れた時には、博司の車はもう交差点の間近に迫っていた。

博司の車が交差点に入る。と、博司の視界の右端に小型トラックが飛び込んできた。あっとブレーキを踏もうとしたが、間に合わなかった。激突。ふたつの車両は道路を外れ、交差点の北西側の田圃に突っ込んで、ちょうどV字形の轍《わだち》を描いて走り、停車した。

シートベルトをしていたので命に別状はなかったが、衝突の瞬間、視界が激しく揺れて失われ、首に激しい衝撃があった。車が停止してからもしばらく目をつぶったまま呻いていた。首が痛い。吐き気がする。他に怪我はないか？　血は出ていない、骨も大丈夫みたいだ、良かった……。

ゆっくりシートベルトを外し、車の外にヨロヨロ這い出るまで、三〜四分はかかっただろうか。車に持たれたまま、小型トラックの方を見ると、車体左横に数人が群がっていた。近づいて人の輪を覗き込むと、一人の高齢の女性が座り込んでいた。農作業の格好をしており、息苦しそうな様子だが、博司と同じく出血などの外傷はないようだ。知り合いらしいやはり高齢の女性が「あんた、何で出て行ったのよ」と話しかけている。博司も「大丈夫ですか」と問いかけると、座り込んだままの女性は博司の方を見てうなずき、かすれた声で「どうもすみません」と言った。博司はほっとした。自分も相手も無事だったのだ……。

しばらくして警察のパトカーや救急車が現場に到着した。女性は救急車で運ばれていき、軽いムチ打ちのみと判断された博司は、B署に同行し取調べを受けた。

事故から三〜四時間ほど経っていたであろうか、取調室に戻ってきた交通課の警察官から、相手の女性が病院で亡くなったと知らされた。胸腔内の大量出血。博司は俄かには信じられなかった。事故の後、互いに言葉を交し合ったのに……。

博司は、もう皿を全部洗い終わって、流しの前に突っ立っている自分に気づいた。皿を拭いて食器棚にしまう。ほとんど無意識に作業を続けた。

それにしても、あんな弁護士に一年も弁護を任せたのは愚かだった。結局、博司の言い分を、真面目に聞いてくれたことは一度もなかった。事故の状況を博司が細かく説明しようすると、必ず面倒くさそうな顔つきになって、早めに打合せを切り上げようとした。不起訴の意見を検事に出すのにも反対し、しきりに相手の遺族への謝罪と示談を勧めるのだった。「戦略的に」その方が有利だというのだ。戦略よりも前に、事故当時のことにきちんと耳を傾けてくれる弁護人。自分の無実を信じてくれる弁護人。博司に必要なのはそれだった。

本屋で読んだ本——確か、「弁護士の頼み方・刑事編」という題だったか——には、警察や検察での取調べで無実を主張し続けるのは大変だから、弁護人に警察署や検察庁に付き添ってもらうべきだと書いてあった。取調べ前の打合せで付き添いを頼むと、弁護士は苛立った様に言った。

「その本に何て書いているか知りませんがね、取調室の中までは結局入れないんですよ、弁護人は。過失がないって主張したいのなら、山田君自身が頑張るしかないんですよ」

「でも、俺の場合逮捕されてるわけじゃないから、取調室から出て弁護人と相談するのは自由のはずですよね？　本にそう書いてありましたよ。先生が警察署の受付の所のソファに待機していてくれれば、その場で相談しながら、おかしな誘導とか、脅しみたいな取調べをされても踏ん張れると思うんですけど……」

しかし、博司が頼めば頼むほど、弁護士は頑なに拒んだ。

「そこまでやる弁護士なんて殆どいませんよ。とにかく私は付き添いはしません。無駄なことはやらないのが私のポリシーです」

「……」

「大体、過失がないっていくら主張しても、結果的に相手が亡くなっている以上、起訴はされてしまう可能性が高いと思いますよ。肝心なのは、業務上過失致死で有罪になっても確実に執行猶予が付くように、示談をしておくことです。執行猶予さえ付けば、変わらず日常生活を送れるんですから。山田君がゴーサインをくれないから、私は遺族と連絡もとれず、何もできることがないんですよ」

結局、博司のせいで弁護士は何も仕事ができないというような話にされて、気まずい雰囲気のまま打合せは終わった。博司の孤立感が増しただけだった。

あの時に、あいつを解任して別の弁護士に頼むべきだったんだ。

博司と大して歳の違わなさそうな若い捜査検事の取調べは、しかし執拗だった。四回目だったか、最後の取調べの時も、博司の顔をじっと睨みながら「人ひとり死んでるんです。どう思うんですか？」としつこく繰り返した。そう尋ねておきながら、博司が事故の様子を細かく説明しだすと、キーボードから手を離しで腕組みし、わざとらしく顎を引いて目をきつく閉じ、椅子にもたれかかる。ちゃんと調書をとってくれと言うと、途端に目を開き険しい顔つきで怒鳴った。

「調書は起訴するかどうかの判断に必要な内容を書くの！　あなたに指図される筋合いじゃない！」

博司の中で何かが爆ぜた。検察官と言い争うなという弁護人の「助言」が頭をかすめたが、もうどうでも良かった。

「これ、交通事故の取調べでしょ？　事故の様子を詳しく話してるのに、それを調書にしないで何を調書にするんですか？　要するに、俺に落ち度があったとか、前をちゃんと見てなかったとか、ブレーキを踏むのが遅れたとか、有罪を認めるような言葉だけ、調書にするってことじゃないですか！　あの事故は誰だって、避けようがなかった。それが真実ですよ！　事故の状況を一所懸命に話してるんです、ちゃんと調書にして下さい！」

博司の剣幕に少し気圧されたのか、検事はしばらく沈黙した。が、相変わらず博司を睨みつけながら、ゆっくりした口調で言った。

「あなたがそういう態度なら、検察は徹底的に追い詰めますよ。とことんやりますよ」

それまで博司は心のどこかで、やはり不起訴になるのではと期待していた。防ぎようのない事故だった。どうして自分が刑事裁判にかけられなければならないのか。

けれど、検察官の最後の言葉で、その幻想も吹き飛んだ。起訴されるのだ。

日暮里駅で常磐線からＪＲ山手線に乗り換え、代々木駅に向かう。一年前のあの事故の日から、車は一度も運転していない。多分この先もずっと。

遠山良人《よしと》弁護士の事務所を訪ねるのは四年ぶりだ。受付を済ませて狭い待合スペースで少し待ったあと、相談室に案内された。四年前にはいなかった受付の若い女性事務員が、すぐに麦茶を出してくれた。

「やあお待たせしました、お久しぶりです」

遠山が入ってきた。四年前より肥って、髪も薄くなりかけていた。もうすぐ四〇になるはずだ。少しカン高い声だけは前と同じだ。

一時間以上かけて事故当時の状況を博司から詳しく聴き取ったあとで、遠山は言った。

「僕は山田さんには何の落ち度もないと思いますよ。だって、防ぎようがなかったんでしょう？」

「じゃあ無罪になりますかね？」

「いえ、悪いけれどそれは分かりません。最近は交通事故の厳罰化が進んでいて、特に死亡事故で有罪となると重い刑が言い渡されるケースが増えてきています。被告人の言い分をきちんと聴いて、事故当時の状況を細かく検討してくれる裁判官ばかりとは限らないんです。検察官の主張や実況見分調書とか鑑定書を鵜呑みにして、あんまり悩まず有罪にしてしまう裁判官に当たってしまうかもしれない。まずは検察官の取調べ請求予定の証拠をコピーして分析しないとね」

遠山は続けて言った。

「それに何より、事故の現場に行って見ないと。道幅とか、交通量とか、交差点の車の動きとか、実際に見たり測ったりしないと、事故の様子も、それが防げたのかどうかも、実感できないものなんですよ」

博司は、自分が頼む前に遠山が現場に行こうと言い出したので安心した。前の弁護士は、現場まで行くのを面倒がり、博司がデジカメで撮影した交差点付近の写真にさっと目を通して、「大体分かりました」の一言で終わりだった。

現場調査に行く日時を決め、相談が終わりかけのころ、遠山はすこし改まった様子で尋ねた。

「刑事裁判は、特に無罪を争う場合は長丁場で、精神的にもきついです。家族がいるときには、その理解と支えが大事なんです。山田さん、確か同居されている女性が居ましたよね。以前の事件の時は、なかなか理解が得られず苦労される様子でしたが……。今回はどうですか」

「ご心配なく。彼女は五月に出て行きました。今は一人暮らしです」

苦笑しながら博司が答えると、遠山は、ちょっと間を置いてから言った。

「そうですか。一人はきつい面もありますが、でも周りを気にせず頑張れるって前向きに考えましょう。今度は、徹底的にたたかいましょうよ」

外に出ると、九月のまだ強い日差しが博司を照らした。博司は、白く輝く道の少し先を睨むようにして、駅の方へ歩き出した。「今度は、徹底的にたたかいましょうよ」という遠山の一言は、博司に四年前の解雇事件を思い出させた。

調理の専門学校を卒業した後に就職した博司は、幾つかのレストランの厨房で働いたあと、C県内のゴルフクラブに料理長として雇われた。仕事はきつかったが、博司は持ち前の体力を頼みに猛烈に働いた。栄子は、博司の勤め先や収入がなかなか安定しないことが不安だったのだろう、料理長として採用が決まると喜んだ。いつまでも同棲はいやだ、早く子供を作って専業主婦になりたい、と頻りに結婚を促すのだった。

ある時、ホールスタッフ達が残業代を支払って欲しい、人手が足りずにシフトに無理があるのでスタッフを増員して欲しいと総務部長に申入れをするという事件があった。博司はその申入れに立会い賛意を示した。クラブ内レストランの人手はホール・厨房とも不足しており、ホールスタッフは時間帯によっては厨房の仕事も兼ねなければならず、博司はスタッフたちが過労でフラフラになって働いているのを良く知っていたからである。

しかし、その日から会社の博司への態度が豹変した。四六時中、総務部長が博司を監視するようになり、些細なミスをあげつらい、「始末書」を幾度か無理やり書かせた上で、突如、懲戒解雇を言い渡してきたのである。

相談に訪れた博司を、遠山は激励した。懲戒解雇はいかにも強引で、「始末書」の内容もとってつけたような不自然なものだ。きちんと争えば勝てる。遠山は続けて言った。「労働審判という短い手続きもあるが、それだと、裁判官は退職を前提とした金銭での解決を押し付けてくる傾向があります。はじめから本裁判で行きましょう」

遠山に相談した当初は、博司もとことん争うつもりでいたのである。しかし、栄子はそんな博司を非難した。

「どうしてホールスタッフの味方になんかなったの？　会社に睨まれるのは分かりきっていたのに！　どうしてもっとうまくやれないのよ！」

そして言うのだった。今からでも謝って、会社に戻れるよう頼むべきだ、裁判なんかで争ったら、別の所に再就職するのにも不利に決まっている。

結局、博司は裁判を起こす決断ができなかった。ホールスタッフ達は、地域ユニオンに加入して会社側との団体交渉を目指そうとしていた。博司も組合に入らないかと誘われたが、栄子が反対することは分かりきっていたので、断った。

遠山弁護士は、会社との交渉でも労働審判の場でも、博司を職場に戻すよう会社に申し入れてくれたが、会社側の代理人弁護士も出席した総務部長も、相手にしようとしなかった。審判の第一回期日の終わり際に、中年の男性裁判官は皮肉な笑みを浮かべて言った。

「まあ、労働審判は要するに和解のための制度ですから。労働審判を選択なさったということは、あなたとしても、退職を受け入れる代わりに解決金を得たいと。そうお考えなのでしょう？」

　完全に足元を見られていた。そして、裁判官にそう言われて反発するだけの気力が、博司にはもう残っていなかった。退職を前提に会社が給与二ヶ月分の解決金を払う、という裁判所の調停案を博司が受け入れ、労働審判は終わった。

　再就職には、それから二年かかった。失業保険が切れた後は、アルバイトを掛け持ちして生活をつないだ。栄子も嫌々アルバイトをはじめたが、博司との口論が多くなった。「あなたが料理長を辞めてなければ」「二〇代後半にもなって、賃貸アパート暮らしで、二人ともバイトなんて、友達に恥ずかしくて言えない」。栄子は、自分の思い描いた人生ルートを思うように進んでいけないことに焦っていた。けれど周りを見れば、正社員で安定した昇給を得ている同世代など、殆どいないのだった。少しのバイト経験しかなくて、そのくせ実現できもしない将来をねだる栄子に、博司はうんざりしてきた。

　やがて二人の間には口論すらなくなり、栄子がアパートに帰らない日が増えた。そして今年の五月、栄子は荷物をまとめてアパートを出て行った。栄子に出て行かれて、どこかでほっとした自分がいるのに博司は気づいた。そうか、とっくに終わっていたんだな。

「今度は、徹底的にたたかいましょうよ」

　博司は遠山の言葉を胸の中で反芻した。栄子に言われて裁判に踏み出せなかったのは、結局、自分自身があいまいで弱かったからだ。今度こそ、後悔したくない。

刑事裁判は、まず検察官による有罪のための立証から始まる。

取調べの時のあの若い検察官が、公判も担当していた。裁判官に促され、起訴状朗読のため立ち上がるとき、博司を睨んだ。

「公訴事実。被告人は、平成二二年九月〇日午後五時三〇分頃、業務として普通乗用自動車を運転し、C県D市I川F番地先の交通整理の行われていない交差点を、M方面からN方面に向かい直進するに当たり、右方道路から同交差点に進入するため、同交差点手前に設置されている一時停止線の標識に従い停止しているS子（当時七六歳）運転の普通貨物自動車を右前方六〇メートルの地点に認めたのであるから、その動静を注視し、適宜速度を調節し、進路の安全を確保して進行すべき業務上の注意義務があるのにこれを怠り、同車が一時停止を継続し自車に進路を譲ってくれるものと軽信し、同車の動静を注視せず、その安全確認不十分のまま、漫然時速約五〇キロメートルで進行した過失により、同車が同交差点への進入を開始しているのを至近距離に認めたが、急制動の措置をとる間もなく、同車左側部に自車前部を衝突させ、よって、同人に両側肺挫傷及び血気胸の障害を負わせ、同日八時半頃、同市所在のH病院において、同人を前記障害により死亡させたものである。

罪名及び罰条、業務上過失致死、刑法第二一一条第一項前段。以上であります」

裁判官の男性は、中年でやや太っており、メガネをかけている上、目線を落として起訴状朗読に聞き入っているので、表情が読み取りにくい。その裁判から黙秘権の説明を受けた上で、起訴状に書かれていることについて認めるかどうかを尋ねられた。

遠山弁護士と打ち合わせていたが、やはり緊張で声がかすれた。

「私はきちんと前方の交差点付近を見ながら、進んでいました。S子さんの車はあっという間に交差点に入ってきて、ブレーキをかける暇さえありませんでした。誰が運転していても衝突は避けられない事故でした」

「無罪を主張するという事ですね」と裁判官。そうだ、それもちゃんと言わなくちゃ。少し声を強めて言った。「はい。私は無罪を主張します」

着席した後も、しばらく胸の動悸がおさまらない。額や握った手のひらに変な汗を感じる。それに何だか両手の先が痺れる。ちゃんと血が通ってるんだろうか？　その後の冒頭陳述や、弁護人が提出に同意した検察官の証拠書類の取調べの中身は、まったく頭に入ってこなかった。次回の公判期日が決まり、閉廷が告げられた。遠山から「お疲れさん」と声をかけられて、ようやく落ち着いてきた。裁判が始まったのだ。


第二回、第三回の公判期日は、実況見分調書を作成した警察官と、実況見分調書などを元に鑑定書を作成した警察の科学捜査研究所の技術吏員の証人尋問に費やされた。

検察官は、事故当時に博司を立ち合わせて行った実況見分調書と、S子さんの車の後ろに停止していた目撃者の女性T美の実況見分調書を提出していた。証人の警察官は、自身の作成した実況見分調書の内容がいかに正確なものであるかを、検察官と打合せ済みの質問の流れに従った証言により、強調した。

ところが、遠山弁護士の反対尋問により、「交通現場見取図」が当初作成のものではなく後から上司の指導により書き換えられたことが明らかになった。

何かが、おかしい。有罪に都合の悪い記載、つまり博司に有利な記載が、消されてしまったのではないか？

鑑定書を作成した技術吏員の尋問で、疑惑がますます広がった。鑑定書では、衝突時の博司の車の速度を三三～三七キロ、S子の車の速度を一九～二二キロとしていた。博司はそんな馬鹿な、と思った。他の車より安全運転でゆっくり走っていたとはいえ、時速五〇キロは出ていたし、そもそも検察官の起訴状でもそう述べているではないか？

証言台で技術吏員は、この点を尋ねられ、衝突前までに博司がブレーキを踏んだ効果があらわれ速度が落ちたのだ、と証言した。

（どうしてこの証人は、まったく現実におこったことと違うことを言えるんだ？　ブレーキなんか、踏む暇もなかったのに‼）

遠山弁護士は反対尋問でたずねた。

「実況見分調書でも、擦過痕やガウジ痕がないと記載している。ブレーキの効果が現れていたという根拠はどこにあるんですか？」

「……」

「どこにもないでしょう、机上の議論でしょう？」

尋問が終わった後、遠山も博司も疲れきっていたが、控え室に戻って打合せを持った。

「先生、俺は本当に時速五〇キロで走っていたんですよ。事故直前に、速度メーターも見ていたし、間違いないです。衝突はあっという間で、ブレーキが効いて減速する間なんてなかったです。時速三三キロなんて、実際の速度より遅い鑑定書を出して、なんの意味があるんですかね」

遠山は腕組みをして少し考えてから言った。

「もしかしたら、博司さんの車の速度を実際より遅く描いた方が、有罪の理屈を立てやすいのかも知れない。比較的ゆっくり走っていて、交差点で右側に車があるのを見ていたのだから、減速するなり、またはちゃんとブレーキをかければ衝突はしなくてすんだはずだ、というストーリーを立てたいんじゃないかな」

博司は、それで検察官の意図が少し分かった気がしたが、不安はかえって強まった。有罪のリクツが立つのが大事で、事実はどうでもいいというのだろうか？　だとしたら、刑事裁判とは何なのだろう？

遠山の反対尋問は、確かに証言した警察官や技術吏員を苦しめた。しかし、何と言っても実況見分調書や鑑定書が証拠として採用されているのだ。裁判官は、それに影響されてしまうのではないか。結局、事態は次第に有罪の方に傾いてきているのではないか……。打合せを終えて一人きりのアパートに帰ると、博司はそんな思いに囚われ、なかなか寝付かれないのであった。

しかし、大きな転機が訪れた。T美の目撃証言である。検察官がT美の証人申請に積極的でなかったため、遠山が思い切って弁護側から証人申請したのだ。取調べ調書では、S子が博司の車が迫ってきているのに、交差点に飛び出したことに驚いた様子が、滲み出ていた。弁護側に有利な証言をする可能性がある。

読みは当たった。T美の証言は、博司にとっては事故が防ぎようはなかった、という真実に沿うものであった。

「左側からもう車が交差点に近づいているのに、S子さんの車がスッと発車したので、『アッ、危ない』って叫んだんですよ。何でこのタイミングで出るんだろうって」

S子とT美は事故現場近くの農作業での顔見知り同士であった。そのT美から得られた被告人に有利な証言に、裁判官も真剣に聞き入る様子が見えた。

T美の尋問終了後、裁判官はしばらく考え、こう言った。

「ひとつ、現場を見ますかね。T美さんにはご足労ですが、期日外の現場での尋問という形でおいで頂き、もう一度事故当時の状況をお聞きしましょう」

控え室で、遠山はすこし興奮して博司に言った。

「裁判官は事件を沢山抱えていて、現場に行こうと言い出すなんてめったにないんです。刑事事件で裁判官から期日外尋問を提案されたのは、私も初めてですよ。現場の交差点付近の写真や、交通量が分かる写真を弁護側の証拠で出しておいたのも良かった。裁判官が現場に興味を持つことは、悪い状況じゃないです」


五月、期日外尋問の当日、空は晴れ渡った。裁判官は尋問に先立ち、交差点近くに立って、手で庇《ひさし》を作りながら、道路幅や標識や交通量を熱心に観察し、書記官にメモを取らせている。状況が変わりつつあるのを感じているのだろう、検察官の表情が固い。

弁護側は、博司と遠山弁護士、それに遠山の事務所の事務員香川優子が来ていた。最初の打合せのときにお茶を出してくれた優子は、その後遠山や博司と共に何度かこの現場に同行し、遠山の指示のもと写真撮影や測定を行っていた。まだ二〇代半ば位だろうか、テキパキした仕事ぶりが博司の印象に残った。「先生、測定の起点はこっちじゃないですか」などと逆に遠山に指摘することがあり、どうやら実況見分調書等の記録も相当読み込んでいるらしい。遠慮のない物言いに遠山も苦笑いして「はいはい、そうでした」等と従うのであった。

T美の尋問では、裁判官が熱心に質問した。S子の停車位置、T美の停車位置を、T美自身に現場に立ってもらい、できるだけ記憶をよみがえらせてもらいながら証言させた。すると、

S子の車が、交差点の一時停止線より相当手前で停車していたこと、そこから一気に交差点に進入していったらしいこと、一時停止線位置でもう一度停止することはなかったことが浮き彫りとなった。

「急に交差点にS子さんの車が入っていって、あれでは、被告人の方も驚いたんじゃないでしょうか」

証言の最後のT美の言葉で、博司の胸に何かがこみ上げた。自分に落ち度がないと信じていても、相手は亡くなったのだ。そのことに、心が痛まないわけがない。辛くない訳がない。検察官が最後まで理解しようとしなかった博司の思いを、T美が理解してくれている気がした。

帰りの車中で遠山が言った。

「今日の尋問は大きかったんじゃないかな。亡くなったS子さんが、一時停止線で停止せずに交差点に入ってきたとすると、そんなことを博司さんが予想すべきだというのには無理があるよ。検察官の主張する過失の前提が崩れてしまうよ。油断は禁物だが、これはいけるかもしれない」

被告人質問の期日がやってきた。博司は、いつも通り前方を注視して走行していたこと、対向車が途切れた時には、自分の車はすでに交差点の間近に迫っており、まさかS子の車が急発進して交差点に進行してくるとは思わなかったことを切々と訴えた。

「S子さんの車は、私のほうを全然見ていない感じで、対向車が切れてすぐに、スッと出てきた感じでした。あっという間で、本当に分かりませんでした」

反対尋問で、あの若い検察官から「被害者の車が交差点に進入していることに気付いたのは、あなたの車がどの辺りを走行している時ですか」と尋ねられた時、思いがけず怒りが湧き上がり、博司はそれを抑えることができなかった。

「本当に交差点に近づいてもうすぐです。あっという間に、本当に防ぎようがなく入ってきたんです。でもこの話、取調べのときあなたに何度もしましたよね。ちゃんと聞いてくれなかったじゃないですか。今質問するなら、なんであの時ちゃんと……」

「被告人、質問にだけ答えるように」裁判官からたしなめられた。

「すみません、分かっています。でも我慢できなかったんで……」

検察官は、なおも博司を執拗に質問し続けた。

「あなたがS子さんの車が発車する瞬間を見ていれば、もっと早くブレーキをかけられたんだと言う風には考えませんか」

「考えられません」

「それはどうしてですか」

「あのような状況で急に発車されたら、絶対にまにあわないと思います」

「それはどうして」

遠山が立ちあがった。「異議あり！　重複尋問です。被告人はもう答えています」

「いえ、被告人は結論を繰り返しているだけで、答えていません」

「なに言ってるんですか。そもそも、証人T美の証言で、S子さんが一時停止線で停止することなく進入してきたことはあきらかではないですか！　それをどう予測しろと言うんですか！」

裁判官が強い口調で言った。

「検察官、弁護人とも、主張は論告と弁論でして下さい。今は被告人質問ですので。検察官の質問は重複している様にも思いますので、別の質問をして下さい」

検察官は不服そうな表情を押し殺し、別の質問に移っていった。


被告人質問から三ヶ月後、また九月がやってきた。起訴されてから丁度一年、判決の日を迎えたのだ。博司は被告人席に座っていた。遠山は腕組みをして、目を閉じ、裁判官の入廷を待っている。傍聴席に優子も来ていた。

一月前に行われた、検察官の論告と弁護人の弁論は、激しい論戦となった。予想通り、検察官は博司の車の速度は時速三三～三七キロであったという前提で、証拠の鑑定書に基づき、博司は被害者の車の発車を認識してブレーキをかければ衝突より手前で停車できた、と主張してきた。有罪のためなら、起訴状との矛盾も無視した「論理」を作り出す検察官の執念に、博司はぞっとした。

遠山弁護士は、検察官の実況見分調書と鑑定書は信用できないこと、特に鑑定書は博司の車がはじめから時速三三〜三七キロで走行していた場合を仮定するなど、根拠の無い条件を持ち込んで無理やり結果を回避できた可能性があると強弁していること、交差点付近の対向車が途切れたときには、博司の車は交差点の間近にせまっており、S子が交差点に進入してこないと考えるのが当然であり、減速義務その他の措置を要求するのは非現実的であること、を繰り返し主張した。

裁判官が現れた。着席し、博司に証言台の前に座るよう指示した。口が渇く。足が震える。今度は逃げないと決めて、ここまで来た。正しかったのか、損をしているだけなのか、正直確信はなかった。それでも、ともかくもうすぐ答えが出る。

裁判官は、おもむろに口を開いた。

「判決を言い渡します。被告人は無罪」

二週間後、検察官は控訴せず無罪が確定した。その日の夜、遠山の事務所の近くで、博司と遠山と優子は祝杯を上げた。

博司は遠山に言った。冷たいビールが、彼の口を軽くしていた。

「でもね先生、不思議と涙は出ないんですね。無罪になったら感動して泣くのかな、と思っていたんですけど。それより、何だかほっとして。体の中から、重石《おもし》みたいなのがすっと抜けて行くっていうか……。上手く言えないや」

遠山も饒舌だった。彼にとっても初めての無罪事件だったのだ。

「大事なのは、やって良かったと思えるかどうかなんじゃないかな。どう？」

「……そうですね。やっぱり、無罪をちゃんと主張して良かったんだと思います。過失を認めても、示談すれば執行猶予は取れたのかもしれません。前の弁護士が言っていたように。でも、そうしてたら、何か自分に納得できてなかったと思います。それは間違いないな……」

遠山は笑いながら言った。

「まあ正直、弁護人としては、被告人の感激の涙を見たかったけどね。でもまあいいや、変わりに優子さんが傍聴席で涙していたからね」

優子はちょっと困ったような顔をして言った。

「先生に現場につきあわされて、事務局としても苦労しましたからね」

それから、お手洗いに行くと言って席を立った。その後ろ姿を見送りながら、遠山が博司に言った。

「我ながらいい事務員を雇ったなあ、そう思うだろ？　なまじ優秀なんで、僕ら弁護士も色々頼んじゃって、ちょっと多忙なんだよね、優子さんは」

「そうなんですか」

「そう、それにまだ独身だよ」

あんただって四〇過ぎて独身じゃないか、と心の中で呟きながら、博司は今後優子と会う機会は何かあるだろうか、と気になり始めるのだった。

あとがき

代々木総合法律事務所五〇周年記念の一つとして、新宅正雄弁護士、久保木亮介弁護士と私の三名で本を出版することと致しました。

私共は、さまざまなご相談を受け、私たち自身も悩み、苦しみ、あるいはご相談者から感動や勇気を頂くこともあります。この本はそんな一端をお伝えするものです。

「竹子」「博司の四年後」は実際におきた事件を基本にしながら、少しフィクションも交えたものです。その他はいずれもフィクションです。「竹子」については、宮本武子氏、氏家憲章氏、長尾宣行弁護士のご協力がなければ完成しませんでした。三氏に、この場をお借りして心から御礼を申しあげます。

また、原稿をくり返し修正したり、締切り日を守らなかったりする私たちを励まし続けて下さった花伝社の皆さま方に御礼を申し上げます。

渡部照子

【編者略歴】
渡部照子（わたなべ てるこ）
1944 年　熊本県熊本市に出生
1963 年　中央大学法学部入学
1974 年　弁護士登録
　　　　　代々木総合法律事務所入所

紫陽花――愛の事件簿

2012年7月7日　初版第1刷発行

編者 ―― 渡部照子
発行者 ―― 平田　勝
発行 ―― 花伝社
発売 ―― 共栄書房
〒101-0065　東京都千代田区西神田2-5-11出版輸送ビル２F
電話　03-3263-3813
FAX　03-3239-8272
E-mail　kadensha@muf.biglobe.ne.jp
URL　http://www.kadensha.net
振替 ―― 00140-6-59661
装幀 ―― 渡辺美知子
印刷・製本 ― シナノ印刷株式会社

©2012　渡部照子
ISBN978-4-7634-0637-8 C0093